AF210899

In memoriam Ralf Fletemeier
1959 - 2022

Mary Wollstonecraft Shelley

Abenteuerliches Europa

Erzählungen

**Aus dem Englischen übersetzt
von Ralf Fletemeier**

Bibliografische Information der Deutschen Nationalbibliothek: Die Deutsche Nationalbibliothek verzeichnet diese Publikation in der Deutschen Nationalbibliografie; detaillierte bibliografische Daten sind im Internet über dnb.dnb.de abrufbar.

Impressum

© 2023 Wolfgang A. Gogolin, Hamburg (Herausgeber)
© 2004 Ralf Fletemeier (Übersetzung)

Herstellung und Verlag: BoD – Books on Demand, Norderstedt
ISBN: 9783757819095

Covergestaltung: Christl & Wolfgang A. Gogolin, unter Verwendung einer Grafik von pixabay / AleksanderL

Inhalt

Der Pole

Es war im frühen Monat Februar des Jahres 1831, gegen Ende des Tages, als man eine Reise-Kalesche[1], die aus Rom kam, sich im vollen Galopp nähern sehen konnte, in Richtung Mola di Gaeta.[2] Die Straße, die zum Gasthaus führte, war felsig und schmal; auf einer Seite war ein Orangenhain, der sich bis zum Meer erstreckte; auf der anderen eine alte römische Mauer, überwachsen von blühenden Büschen, enormen Aloen, einem schwebenden Gewirr von Weinreben und tausenden Arten von Parasitenpflanzen, die für den Süden eigentümlich sind. Kaum war die Kalesche in diesen Hohlweg hineingefahren, als der unachtsame Postillon eines der Räder über einen vorstehenden Felssims fuhr und sie umkippte; und im nächsten Moment kam eine Menschenmenge zu der Stelle gelaufen. Nicht einer von ihnen dachte jedoch daran, den Reisenden innerhalb des umgefallenen Fahrzeugs zu helfen; aber mit heftigen Gesten und lauten Ausrufen begann man, zu prüfen, welchen Schaden die Kalesche erlitten hatte, und welchen Gewinn man

---

[1] Leichte einspännige Kutsche mit Faltverdeck.

[2] Gaeta, ital. Hafenstadt im südlichen Latium.

aus ihr ziehen könnte. Der Wagenbauer erklärte, jedes Rad wäre zertrümmert; der Zimmermann, die Deichseln wären zersplittert; während der Schmied, der unter die Kutsche kroch und wieder hervorkam, an jeder Klemme, jeder Schraube und jedem Nagel mit der ganzen Heftigkeit zerrte, die notwendig war, um sich einer gut aussehenden Aufgabe zu versichern. Der Reisende, der in der Kalesche saß, stieg jetzt langsam aus, nachdem er sich ruhig von verschiedenen Umhängen, Büchern und Landkarten gelöst hatte, und für einen Moment vergaß die beschäftigte Menge ihre Unruhe, um mit Bewunderung auf die stattliche Gestalt des Fremden zu starren. Er schien kaum zweiundzwanzig zu sein. Von Statur war er groß genug, um eine Ahnung von Überlegenheit über seine Mitsterblichen zu vermitteln; und seine Gestalt war in solch perfekten Proportionen geformt, dass sie eine seltene Kombination von jugendlicher Leichtigkeit und männlicher Stärke zeigte. Sein Gesicht, hätte man von ihm die tiefe Nachdenklichkeit und den Ausdruck ruhigen unerschrockenen Mutes genommen, hätte der schönsten Frau gehören können, so durchsichtig blühend war sein Teint, so regelmäßig seine Gesichtszüge, so blond und üppig sein Haar. Von allen Anwesenden schien er am wenigsten besorgt wegen des Unfalls; weder sah er sich die Kalesche an, noch zollte er den Angeboten für Dienste, die aus einem Dutzend Mündern geschrieen wurden, irgendeine Aufmerksamkeit; aber, seine Uhr hervorziehend, fragte er seinen Diener, ob die Kutsche kaputt sei.

„*Pann*,[3] die Deichseln sind gebrochen, zwei der Federn sind beschädigt, und der Achsnagel ist weggeflogen."

„Wie lange dauert es, sie zu reparieren?"

„Vierundzwanzig Stunden."

„Es ist jetzt vier Uhr. Sehen Sie zu, das alles wieder in Ordnung ist, morgen bei Tagesanbruch."

„*Pann*, mit diesen faulen Italienern fürchte ich, wird das unmöglich sein."

„*Ja pozwalam*",[4] antwortete der Reisende kalt, aber entschieden. „Bezahlen Sie das Doppelte – das Dreifache - was Sie wollen, aber lassen Sie alles zu der Stunde, die ich erwähnt habe, bereit sein."

Ohne ein weiteres Wort ging er in Richtung des Gasthauses, gefolgt von der Menge, die ihn mit Bitten um Almosen plagte. Vor einigen Sekunden waren sie alle aktive und gesunde Wesen gewesen, so beschäftigt, dass sie es sich nicht leisten konnten, seine Kalesche zu reparieren, wenn sie nicht von irgendeiner außergewöhnlichen Belohnung in Versuchung geführt würden; jetzt erklärten sich die Männer zu Krüppeln und Invaliden, die Kinder waren Waisen, die Frauen hilflose Witwen und sie

---

[3] Poln.: Mein Herr.

[4] Poln.: Ich will es.

alle würden Hungers sterben, wenn seine *Eccellenza* nicht einige *grani*[5] übrig hatte.

„Was für eine öde Rasse!" rief der Reisende aus, der eine Handvoll Münzen auf den Boden warf, die ein allgemeines Gerangel verursachten, und ihm ermöglichten, unbelästigt weiterzugehen. Am Gasthaus erwarteten ihn neue Qualen; eine neue Menge, zusammengesetzt aus dem Wirt, der Wirtin und ihren Kellnern und Stallknechten, versammelte sich um ihn und stürmte mit unzähligen Fragen auf ihn ein. Der Wirt hoffte, dass keines seiner Glieder gebrochen war, und bat ihn, sich als Meister des Hauses zu betrachten; die Kellner wollten wissen, zu welcher Stunde er zu speisen und welche Kost er zu wählen wünschte, wie lange er zu bleiben beabsichtigte, woher er kam, wohin er ging; und die Wirtin führte ihn ostentativ durch alle Zimmer des Gasthauses und verbreitete sich endlos über die besonderen und unbeschreiblichen Vorteile von jedem einzelnen. Ihres Übereifers unsagbar überdrüssig, durchquerte der Reisende schließlich eine lange und geräumige Halle und nahm Zuflucht auf einem Balkon, der auf die Bucht von Gaeta blickte.

Das Gasthaus war an dem Standort von Ciceros Villa erbaut worden. Unter dem Balkon und auf jeder Seite, entlang der ganzen Biegung der Bucht, erstreckte sich einen dichter Hain von

---

[5] Ital.: Körner (Kleingeld).

Orangenbäumen, der sich bis zur eigentlichen Küste des Mittelmeeres hinunterzog. Kugeln von goldenem Obst und Blüten von schwachem Geruch und schön wie Sterne, besetzten dieses Amphitheater aus feuchtem Blattwerk; und an seinem äußersten Ende durchstach das flüssige Licht der Wellen die glänzenden Blätter, ihre blaue Pracht mit dem grünen Paradies der Erde vermischend. Jeder Felsen und jeder Berg glühte in einem purpurroten Farbton, so intensiv und sanft, dass sie violetten Dämpfen ähnelten, die sich in den matten Strahlen des Abendhimmels auflösten. Weit weg in der Tiefe flutete breit der Ozean, in dem die zwei Berginseln Ischia und Procida emporragten, zwischen denen der Vesuv stieß, mit seiner gezackten Form und seinem schwebenden Banner aus schneeweißem Rauch. Der einsame Himmel war ohne Sonne oder Mond, ohne einen Stern oder eine Wolke, lächelte aber in diesem zarten jungfräulichen Licht, das von ewigem, unveränderlichen Frieden spricht.

Es wäre schwierig, die Gefühle des Reisenden zu beschreiben, als er auf dieser Szene blickte. Sein Gesicht, zum Himmel erhoben, war belebt durch eine tiefgreifende und leidenschaftliche Melancholie, mit einem Ausdruck eines ernsthaften und glühenden Plädoyers gegen irgendein gewaltiges und unvermeidliches Unrecht. Er dachte wahrscheinlich an sein Land; und, während er dessen ruinierte Dörfer und verwüstete Felder die Pracht und das Leuchten des schönen Landes vor ihm gegenüberstellte, atmete in ihm ein leidenschaftlicher Appell gegen das blinde und grausame Schicksal, das Polen dem trostlosen Einfluss der russischen Despotie unterworfen hatte. Seine Träumerei wurde vom Klang einer weiblichen Stimme unterbrochen, die in Polnisch unter den Orangenbäumen zu seinen Füßen sang. Die Sängerin war unsichtbar; aber, die Süße ihrer Stimme und der einzigartige Bezug der Worte (die folgende Prosaübersetzung übermittelt ihre Bedeutung) zu den eigenen Gedanken erfüllte den Reisenden mit Überraschung:

„Wenn Du auf den azurnen Himmel blickst, so stark in seiner Ruhe, sage nicht, Oh helles Entzücken, hast Du kein Mitleid, dass Du auf diese Art in unerreichbarer Schönheit verdämmerst unter meinen lebensmüden Augen.

Wenn der Südwind leise atmet, sage nicht vorwurfsvoll, dass Dein Wiege der Äther der Morgensonne ist, trinkest Du die duftende Essenz von Myrte und Zitronenblüten; Du solltest auf Deinen Flügeln tragen alle süßen Gefühle, alle sanften Wünsche; warum bringest Du dann keine Heilung zu der Qual, die ich erdulde?   .

Noch in der dunklen Stunde, wenn Du denkest an Dein Land und Deine Freunde, sage nicht mit Kummer, sie sind verloren! Sie sind nicht! Sag lieber mit Freude, sie waren berühmt! Und es ist ein Glück, zu wissen, dass sie gewesen sind!"

Es wäre klug von mir, deiner Lektion zu gehorchen, süße Sängerin, dachte der Reisende; und, während er in seinem Verstand über die Einzigartigkeit der Serenade nachdachte, blickte er weiter auf die Bäume unten. Es gab kein Rascheln inmitten ihrer Zweige, kein Geräusch, das besagte, dass ein Mensch unter ihrem Blattwerk verborgen war; nichts war außer den fast nicht wahrnehmbaren Atemzüge der Abendluft zu hören. Existierten solche Dinge irgendwo, außer in der Phantasie des Dichters? Er hätte fast glauben können, dass der Geist dieser göttlichen Szene eine menschliche Stimme und menschliche Worte angenommen hatte, um seine Melancholie zu beruhigen, so schwebend und luftig waren die Klänge gewesen, so tief die Stille, die ihr folgte. Doch einen Moment später erhoben sich von derselben Stelle Hilferufe auf Italienisch und Schreie der Verzweiflung, so durchdringend, dass sie den Reisenden dazu brachten, mit der Geschwindigkeit eines Blitzes durch die große Halle und die Treppe in den Garten hinunter zu fliegen. Das erste Objekt, auf das sein Blick fiel, war die Gestalt eines Mädchens, etwa sechzehn, die mit ihrem einen Arm den Stamm eines Baume fest umarmte, und mit ihrem anderen wütend einen jungen Mann abwehrte, der bemüht war, sie wegzuschleifen.

„Ich gehe nicht mit dir - ich liebe dich nicht mehr, Giorgio - und mit dir gehen werde ich nicht", schrie das Mädchen in Tönen, in denen sich Heftigkeit und Furcht vermischten.

„Du musst - du wirst", gab ihr Angreifer mit donnernder Stimme zurück. „Ich habe dich wieder gefunden, und ich werde mich nicht von deinen Albernheiten übertölpeln lassen, Marietta... Und wer seid Ihr, und wer hat Euch gebeten, sich einzumischen?" fügte er hinzu, sich heftig dem Reisenden zuwendend, dessen starker Griff ihn von Marietta gerissen hatte. „Ein Offizier, wie es scheint, durch Eure Kleidung – gebt Euch damit zufrieden, zu wissen, dass ich auch ein Offizier bin und riskiert mein Missfallen nicht weiter."

„Kein Offizier würde ein wehrloses Mädchen schlecht behandeln", antwortete der Pole mit ruhiger Verachtung.

Bei dieser Spöttelei zitterte Giorgio vor Wut. Seine Gesichtszüge, gut aussehend und regelmäßig, wie die von Italienern im allgemeinen sind, verzerrten sich ganz. Seine Hände suchten mit konvulsiven Bewegungen an seiner Brust nach dem Dolch, der dort verborgen war. Seine dunklen blitzenden Augen konzentrierten sich zu derselben Zeit auf seinen Widersacher, als ob er hoffte, dass der niederträchtige Geist, der in ihm brannte, ihn zuvor vernichten könnte.

„Seien Sie auf der Hut - er ist ein vollkommener Schuft", schrie Marietta, in Richtung ihres Beschützers hastend.

Die Ankunft mehrerer Diener vom Gasthaus zerstreute jeden Gedanken an eine gegenwärtige Gefahr. Sie schleiften Giorgio weg, sagten ihm, dass, obwohl das Mädchen seine Schwester war, er sie keine Nacht vom *corps d'opéra* trennen dürfe, mit dem sie durch Gaeta reiste.

„*E vero, è verissimo*", rief Marietta mit freudigem Triumph. "Was geht es ihn an, wenn ich meine Freiheit mag und es bevorzuge herumzuwandern, und hier und dort zu singen, zu sein seine unglückliche Par-"

„Marietta! Hüte dich! Wage nicht, übel von mir zu sprechen!" schrie der sich zurückziehende Giorgio, der über seine Schulter zurückschaute und seiner Worte mit einem Blick von solch schrecklicher Drohung begleitete, der seine Schwester völlig überwältigte.

Sie beobachtete ihn in ängstlicher Stille, bis er verschwunden war und kniete dann mit liebevoller Demut und einer anmutigen Schnelligkeit, die ihre Verhütung nicht zuließen, leicht nieder und drückte die Hand des Fremden an ihre Lippen.

„Sie haben mich mehr als belohnt für das Lied, das ich für Sie sang", sagte sie, erhob sich und führte ihn zum Gasthaus. „Und wenn Sie es mögen, singe ich andere für Sie, während Sie speisen."

„Sind Sie Polin?" fragte der Reisende.

„Eine gute Frage! Wie kann ich Polin sein? Sagten Sie nicht selbst, dass es ein solches Land wie Polen nicht mehr gibt?"

„Ich? Nicht, das ich mich erinnere."

„Wenn Sie es nicht sagten, gestehen Sie wenigstens, dass Sie es dachten. Die Polen sind alle Russen geworden und für nichts in der Welt, Signor, wäre ich Russin. Denn sie haben in ihrer ganzen Sprache kein Wort für Ehre.[6] Nein! Lieber als eine Russin zu sein, so sehr hasse ich es, würde ich mit Giorgio gehen."

„Sind Sie Italienerin?"

„Nein - nicht ganz."

„Was sind Sie dann?"

„Hm! Ich bin das, was ich bin, wer kann mehr sein? Aber, Signor, ich muss Sie um eine Sache bitten, mir keine Fragen über mich noch irgendwelche über Giorgio zu stellen. Ich singe für Sie, rede mit Ihnen, warte bei Ihnen - etwas von dieser Art, das Ihnen gefällt, aber ich beantworte keine Fragen zu diesen Themen."

Marietta setzte sich auf einen Hocker in eine dunkle Ecke der Wohnung des Reisenden, so weit wie möglich von ihm und allen anderen Störungen entfernt und verbrachte den Abend damit, auf ihrer Gitarre zu spielen und zu singen. Sie war eine höchst vollendete Sängerin, die all die Kompliziertheiten dieser Kunst beherrschte und mit vollkommener Leichtigkeit bewältigte, aber dies erregte kaum Bewunderung in Vergleich mit der natürlichen Schönheit ihrer Stimme. Es gab eine

---

[6] Das ist wahr. Die russische Sprache kennt dieses Wort nicht.

tiefgreifende Melancholie in ihrer intensiven Süße, die den Kummer der Seele des Reisenden auflöste. All das, was ihm lieb und teuer war in der Erinnerung an die Vergangenheit, die Freuden des Heims und der Kindheit, die Zartheit und Wahrheit seiner ersten Freundschaften, das Glühen des Patriotismus; jede hingegebene Stunde, jede liebgewonnener Ort, alles, was er geliebt hatte, und alles was er auf Erden verloren hatte, schien wieder zu leben und wieder zu verschwinden, wenn er ihren Klängen lauschte. Ohne ihm Beachtung zu schenken und anscheinend ohne jede Anstrengung, stieß sie Melodie auf Melodie hervor, zur ihrem eigenen Vergnügen, wie eine einsame Nachtigall, die in einem Haus von grünen Blättern singt, um ihre Einsamkeit mit süßen Geräuschen aufzuheitern. Ihr Gesicht und ihre Gestalt wären schön gewesen, wären sie vollständiger entwickelt gewesen. Sie ähnelten jenen Skizzen eines großen Künstlers, in denen es nur einige leichtgezogene Linien gibt, die aber so voller Geist und Bedeutung sind, dass man sich leicht vorstellen kann, was für ein Meisterwerk es sein würde, wäre es fertiggestellt.

Der erste Besuch unseres Reisenden, als er am nächsten Tag in Neapel ankam, war bei der Prinzessin Dashkhoff. Sie war eine russische Dame, deren hohe Geburt, immenser Reichtum und Talent für Intrigen ihr die Vertrautheit mit der Hälfte der gekrönten Häupter von Europa verschafft und sie allmächtig gemacht hatte am Hof von St. Petersburg. Die kalte Barbarei ihres Heimatlandes verabscheuend, hatte sie sich in Neapel niedergelassen, in einer vorzüglichen Villa nahe der Strada Nuova. Eine extravagante Bewunderung für Italien pflegend, durch ihre großzügige Schirmherrschaft der Künste und Künstler, und durch immer währende Ausstellungen ihrer eigenen Fertigkeiten in Zeichnen und Singen, Tanzen und Schauspielern, hatte sie den Namen einer Corinna[7] des Nordens erhalten. Ihr Salon war der abendliche Treffpunkt der Klugen, der Müßigen, der Witzigen und der Zügellosen. Corinna nicht zu kennen, hieß, selbst unbekannt zu sein; und, nicht bei ihren *conversazioni*[8] zu verkehren, hieß, soweit es die vornehme Gesellschaft betraf, von allem verbannt zu sein, was modisch oder wunderbar war in Neapel.

Es war die Stunde des Abendempfangs. Der Pole brannte mit Ungeduld darauf, mit der Prinzessin zu sprechen, denn von ihrem Einfluss in Petersburg hing das Leben eines Bruders ab, das einzige existierende Wesen, für das er sich jetzt interessierte. Eine hervorragende Suite von Zimmern, vor Lichtern funkelnd, voller Menschen, und mit der Großzügigkeit eines östlichen Harems ausgestattet, lag offen vor ihm; ohne sich ankündigen zu lassen, betrat er sie. Wenn ein höchst

---

[7] „Corinna oder Italien" (1807), Roman von Anne Louise Baronne de Germaine, genannt Madame de Staël (1766-1817).

[8] Ital.: Gespräche, Plaudereien.

einfallsreicher Verstand durch ein beherrschendes Gefühl eingenommen wird, dienen alle entgegengesetzten Eindrücke, alle glühenden Extreme, nur dazu, diesem Gefühl Tiefe und Intensität hinzuzufügen. Die festliche Szene der durch Rosen bekränzten Marmorsäulen, der venezianischen Spiegel an den Wänden, die das Licht von unzähligen Kerzen reflektierten, und der Gestalten von schönen Frauen und fröhlichen Jünglingen, die in verwirrendem Tanz vorbeischwebten, schienen ihm trügerische Aufführungen, die ein schreckliches Leiden verschleierten; und mit eifrigen raschen Schritten, als ob er durch den Impuls eigener Gedanken weiter getragen wurde, eilte er an ihnen vorbei. Kaum das er wusste, wie er dort hingekommen war, fand er sich schließlich neben der Prinzessin, in einer Marmorkolonnade stehend. Sie war oben offen für das Mondlicht und die Sterne des Himmels, und ließ an den Seiten den Duft der Luft und der blühenden Mandelbäume des benachbarten Gartens herein.

„Ladislas!" rief die Dame aufschreckend aus, „ist es möglich - Sie hier zu sehen, übersteigt fast den Glauben."

Nachdem er einige Momente in tiefer Stille verharrte, seine Gedanken sammelnd und ordnend, antwortete der Pole. Ein Gespräch folgte, mit so leisen Stimmen, das es nur für sie selbst hörbar war. Aus ihren Haltungen und Gesten konnte man schließen, dass Ladislas eine Geschichte von tiefer Qual berichtete, gemischt mit feierlichen und beeindruckenden Beschwörungen, denen die Prinzessin mit einem zustimmenden beruhigenden Mitgefühl zuhörte.

Sie traten aus der Nische heraus, gingen die Kolonnade hinauf und betraten einen kleinen Tempel, der sie abschloss. Aus der Mitte seiner luftigen Kuppel hing eine angezündete Alabaster-Lampe in Form eines Bootes, unter der eine junge Frau allein saß und eine Reihe von mondlichtbeschienenen Hügeln skizzierte, die zwischen den Säulen zu sehen waren.

„Idalie", sagte die Prinzessin, „ich habe Ihnen ein neues Thema für Ihren Bleistift gebracht - und was für ein Thema, meine Liebe - eines, dessen Ruhm ihn schon Ihrer Phantasie teuer gemacht hat; nicht weniger als der Held von Ostralenka,[9] der Weichsel

---

[9] *Bei Ostralenka standen sich die russischen und polnischen Armeen in Sichtweite gegenüber. Die Vernichtung der Polen schien unvermeidlich; den Angriff nicht erwartend, waren ihre Linien nicht geordnet, und die Russen waren in dreifacher Überzahl, und rückten in der vollkommensten Ordnung vor. In dieser Not, zogen dreihundert Studenten von der Universität von Warschau hastig in einer Einheit heran, und, bereit sich dem Tod hinzugeben, marschierten sie vorwärts, die Vorhut des Feindes zu treffen. Sie wurden von einem jungen Mann angeführt, der sich durch den erhabensten Mut auszeichnete, und war der einzige ihrer Anzahl, der entkam. Er stationierte seine Schar in einem kleinen Wald, der direkt im Weg der Russen lag, und hielten ihren Vormarsch im Gelände für drei Stunden auf. Jeder Baum in diesem Wald wogt nun über dem Grab eines Patrioten. In der Zwischenzeit formierte sich die polnische Armee, stieß vor, und errangen einen höchst glänzenden Sieg.* (Hier irrte M.S.; bei Ostrołęka am Narew erlitten die polnischen Aufständischen am 26. Mai 1831 eine schwere Niederlage. Gemeint ist

und des Belvedere.[10] So rufen Sie eine jener hellsten, glücklichsten Stimmungen Ihres Talents an, in denen ihr ganzer Erfolg liegt, und bereichern mein Album mit seinem Abbild", so breitete sie es vor ihr aus.

Es ist schwierig, die Bitte einer Person abzulehnen, die uns gerade einen wichtigen Gefallen gewährt hat. Ladislas duldete, dass er Modell saß, und sobald die Prinzessin sie verlassen hatte, war das Dunkel, das seine Stirn bei der Nennung von Ostralenka, der Weichsel und des Belvedere beschattet hatte, verschwunden. Die unvergleichliche Schönheit der jungen Künstlerin hatte die schwerste Buße in ein Vergnügen verwandelt. Sie war schön wie eine von Raphaels Madonnen; und wie bei diesen lag eine stille Schönheit in ihrer Gegenwart, die den oberflächlichsten Betrachter mit Überraschung und Befriedigung erfüllte. Ihr Haar, von einem goldenen und glänzenden Braun (der Farbe des von der untergehenden Sonne erleuchteten herbstlichen

---

vermutlich eine erfolgreiche Schlacht zuvor. Der polnische Aufstand endete nach der Einnahme Warschaus im September 1831.)

[10] Der Palast von Warschau, der am 29. November 1830 durch eine kleine Gruppe von Verschwörern, Kadetten der Warschauer Militärakademie, erstürmt wurde. Großherzog Konstantin, Bruder von Zar Nikolaus I. und Vizekönig von Polen, konnte nur knapp entkommen. Beginn des polnischen Aufstandes (das Königreich Polen war durch Beschluss des Wiener Kongresses mit Russland in Personalunion verbunden, das sog. „Kongresspolen").

Blattwerks), fiel in hauchfeinen Wellen um ihr Gesicht, ihre Kehle und ihre Schultern. Ihre kleine klare Stirn, die von sanften Gedanken schimmerte; ihre gebogenen, weichen und rosigen Lippen; die zarte Form des unteren Teils des Gesichts, natürliche Reinheit und Integrität ausdrückend, alles war völlig griechisch. Ihre hellbraunen Augen durchbohrten mit ihren gewölbten Lidern und dunklen pfeilähnlichen Wimpern die Seele mit ihrer vollen und aufregenden Sanftheit. Sie war in ein langes und anmutiges Gewand gekleidet, weiß wie Schnee; aber, rein wie dieses Kleidungsstück war, schien es eine grobe Tarnung für die prächtige Weichheit der Glieder, die es verhüllte. Das zarte Licht, das von der Alabaster-Lampe über ihnen schimmerte, war ein schwaches Gleichnis für den unaussprechlichen Geist der Liebe, der in Idalies schöner durchsichtiger Gestalt brannte, und der zitternde leuchtende Abendstern, der zuverlässig bei glücklichen Geliebten klopft, erschien Ladislas nie göttlicher oder teurer als sie, wie sie dort saß, und jetzt einen scheuen, aber aufmerksamen Blick auf sein Gesicht richtete und ihn dann wieder auf das Papier vor ihr fallen ließ. Und nicht allein für Ladislas war diese Stunde die Morgendämmerung einer leidenschaftlichen Liebe. Denselben Zauber fühlte Idalie im Herzen, er verschleierte die Welt und erhob ihren Geist in gewaltige und unermessliche Regionen voll unerforschter Freude. Einen Moment trafen sich ihre Augen und schauten ineinander, der Blick von erhabener, von ewiger Liebe, stumm, gesegnet und unaussprechlich. Ihre

Lider fielen und erhoben sich nicht mehr. Entzücken begeisterte ihre Brüste und wuchs in ihren vollen Herzen an, ein Entzücken, gefühlt, aber nicht zu sehen; denn bewegungslos und in tiefer Stille, als ob jede äußere Kraft von Verehrung aufgesaugt war, machten sie weiter, jeder innerlich nichts wissend, hörend, sehend, außer den göttlichen Einfluss und die Anziehung des anderen.

Ich weiß nicht, ob das Portrait fertig wurde. Ich glaube nicht. Geräuschlos erhob sich Idalie und ging, um die Prinzessin zu suchen, und Ladislas folgte ihr.

„Wer ist dieses schöne Wesen?" fragte ein englischer Reisender irgendwann später, auf Idalie in einer Gruppe von Damen deutend.

„Ein polnisches Mädchen - ein Protégée von mir", war die Antwort der Prinzessin; „eine Tochter von einem von Kościuszkos[11] unglückseligen Anhängern, der hier starb, arm und unbekannt. Sie hat ein großes Talent fürs Zeichnen und Malen, aber sie ist in ihrer Natur so verschieden von der Allgemeinheit der Menschen, dass ich fürchte, dass sie nie in der Welt vorankommt. Alle in der Familie sind wild und seltsam. Es gibt einen Bruder, von dem sie sagen, dass er ein vollkommener Rüpel ist;

---

[11] Tadeusz Kościuszko (1746-1817), polnischer Offizier und Freiheitskämpfer. Nahm am amerikanischen Unabhängigkeitskrieg teil und leitete nach der 2. Polnischen Teilung den polnischen Aufstand von 1794, der von Russen und Preußen niedergeschlagen wurde.

tapfer wie ein Pole und charakterlos wie ein Italiener; ein Verbrecher, ziemlich malerisch gelackt, wie einer von den Piraten und *giaours*[12] Ihres Lord Byron. Dann gibt es eine jüngere Schwester; ein unkontrollierbares kleines Wesen, die entschied, dass mein Haus unerträglich sei, und nach Kalabrien oder Kampanien davonlief und sich als *Primadonna* einrichtete. Aber dies sind, ich bin sicher, die Kinder einer zweiten Ehefrau, einer Italienerin; und Idalie, ich muss gestehen, hat nichts von ihrer Gesetzlosigkeit, sondern ist bemerkenswert sanft und zuverlässig."

Angewidert von diesem herzlosen Gespräch, das seine Stimmung der Verzückung störte, verließ Ladislas hastig den Dashkhoff Palast und betrat die Villa Reale, dessen überlaubende Bäume Einsamkeit versprachen. Nicht ein Nachzügler der fröhlichen Massen, die in diesem luxuriösen Garten vom Morgen bis Mitternacht verkehrten, war nun zu sehen. Mit seinen in Dunkel und Schatten gegrabenen geraden Spazierwegen, seine Steinbrunnen mit schlafendem Wasser, seine Marmorstatuen, seine himmelragenden Obelisken und die kribbelnde Stille seiner mitternächtlichen Luft, war er heilig und ruhig wie eine verlassenes Oratorium, nachdem die letzten Klänge der Vesperhymne sich gelegt haben, die letzte Kerze zu brennen aufgehört hat, das letzte Weihrauchfass geschwenkt worden ist, und sowohl Priester als auch

---

[12] Türk.: Ungläubige.

Kirchgänger gegangen sind. Ladislas warf sich auf einen Steinsitz in dem Stechpalmenhain, der den Rand der Bucht umgab.

„Ich träumte nicht von Liebe", rief er aus, „ich suchte sie nicht! Ich hatte auf das Leben und sein ganzes Gefolge von Entzücken, Hoffnungen und Freuden verzichtet. Kalt und von jedem Wunsch frei, lag der Schatten des Todes auf meinem Herzen; plötzlich stand sie vor mir, lieblich wie ein Engel, der verlorenen Geistern das Königreich des ewigen Glücks verkündet. Furchtlos, aber sanft, ließ sie den Zauber ihres Blicks in meine Seele fließen. Ich spreche das Wort der Stunde. Sie soll mein sein - oder ich sterbe!"

Zurückgelehnt in dem Stechpalmenhain, verbrachte Ladislas die übrigen Stunden dieser zu kurzen Nacht, entzückt vor Glück, als ob die helle Gestalt seiner Geliebten immer noch neben ihm schiene. Allmählich erweckte die Schönheit der wunderbaren und weitberühmten Bucht von Neapel seine Aufmerksamkeit. Der volle und matte Mond, der sich hinter den hohen Ulmen von Posillipo senkte; das gebrochene Sternlicht auf der Oberfläche der Wellen; deren klatschendes Geräusch, wenn sie zu seinen Füßen brachen; Sorrentos purpurrotes Vorgebirge und der sanfte Wind, der von ihm blies; die einsame Erhabenheit der Berginsel von Capri, die sich aus der Mitte der Bucht erhebt und wie eine kolossale Sphinx zwei Bäder aus azurnem Licht beschützt; der Vesuv, der seinen Rauch, seine Flammen und Funken, in den wolkenlosen Äther atmet; alles wurde in unerklärlicher Harmonie mit seiner neugeborenen Leidenschaft vermischt und unauslöschlich mit seiner Erinnerung an diese Nacht verbunden.

Am nächsten Morgen zeichnete Idalie die Villa Reale. Sie hatte sich an die Seite einer schattigen Gasse gesetzt. Zwei Personen gingen hinter ihr vorbei, und, die kindische, verdrießliche Stimme einer von ihnen lenkte ihre Aufmerksamkeit auf sich. Diese sogar in ihrer Ungeduld so süße Stimme gehörte sicher ihrer flüchtigen Schwester.

„Sie ist es!" rief Idalie aus, glitt schnell wie ein Gedanke zwischen den Bäume hervor und drückte die Sprecherin an ihren Busen. „Marietta - meine liebe kleine Marietta! Endlich bis du wieder zurückgekommen. *Cattivella*![13] Jetzt versprich, bei mir zu bleiben. Du weißt nicht, wie traurig ich gewesen bin wegen dir."

„Nein! Ich kann nichts derartiges versprechen", antwortete Marietta, die mit den Bändern ihrer Gitarre spielte. „Ich will meine Freiheit haben."

Idalies Arme sanken herab und ihre Augen richteten sich zu Boden, als sie den kalten und entschiedenen Ton hörte, in dem diese Weigerung ausgesprochen wurde. Als sie wieder aufschaute, sah sie auf den Begleiter ihrer Schwester und wurden mit einem unbezwingbaren Gefühl erfüllt,

---

[13] Ital.: Du Böse!

als sie Ladislas entdeckte, den Erwählten ihres Herzens.

„Ich traf Ihre Schwester hier vor einigen Minuten", erklärte er, an ihren Gefühlen teilhabend; „und hatte das Glück, an einem anderen Tag ihr einen leichten Dienst zu erweisen..."

„Oh, ja", unterbrach Marietta. „Ich sang einen ganzen Abend für ihn bei Gaeta. Es war ein sonderbares Abenteuer. Seine Kutsche war nahe bei dem Gasthaus umgekippt. Ich war dort schon eine halbe Stunde vorher angekommen und ging in einem Orangenhain nahe der Stelle spazieren, sah den Unfall und hörte, wie er auf polnisch mit seinem Diener sprach. Mein Herz schlug vor Freude, einen Angehörigen dieser heldenhaften Nation zu erblicken. Er blickte wundersam melancholisch: Ich dachte, dass es wegen seines Landes sein muss, so dass ich so leise wie eine Maus unter die Bäume unter seinem Balkon schlich und ihm ein balsamisches Lied auf polnisch sang. Ich improvisierte es aus der Eingebung des Moments. Ich erinnere mich nicht sehr gut daran, aber es war über azurne Himmel, Südwinde, Myrte und Zitronenblüten und den berühmten Unglücklichen; und es sollte ihn erfreut haben. Gerade als ich fertig geworden war, kam unser gesegneter Bruder Giorgio vom Gasthaus und begann eine seiner schrecklichen Belästigungen. Stell dir vor, wie ängstlich ich war, denn ich dachte, dass er mit seinem Regiment nach Sizilien gegangen war. Sie zogen ihn jedoch weg, und ich folgte diesem

Fremden in sein Zimmer und sang für ihn den Rest des Abends. Alle meine besten Lieder, das *Mio ben quando verrà*, *Nina pazza per Amore*, das *Alle' armi* von Generali, das *Dolce caret patria* von Tancredi, das *Deh calma* von Otello - meinen ganzen Vorrat, ich versichere es dir." Auf diese Art rasselte Marietta es herunter; und dann, als ob ihr schnelles Auge das Geheimnis ihrer Zuneigung schon entdeckt hätte, fügte sie mit einem neckischen Lächeln hinzu: „Aber sei nicht ängstlich, Idalie, obwohl sich seine Augen mit Tränen füllten, während ich sang, so wie oft bei dir, hat dieser Sarmate[14] mir nicht ein Wort des Lobes erwiesen."

„Dann kehre mit mir zurück und lebe mit mir zusammen, liebe Marietta, und ich lobe dich ebenso viel und mehr als du wünscht."

„*Santa Maria del Piè di Grotta*! Was für eine lästige Person du bist, Idalie. Wenn du eine Idee in deinem Kopf hast, würde ein Erdbeben sie nicht wieder herausbekommen. Habe ich dir nicht gesagt, dass ich nicht will? Wenn du das Motiv wüsstest, würdest du meine Entschluss billigen. Ich sagte, dass ich meine Freiheit mag, und so weiter, aber das war nicht der Grund meiner Flucht. Ich will nichts mit Giorgio und der Prinzessin zu tun haben; denn, glaube mir, liebste Idalie, erbärmlich wie mein gegenwärtiges Leben dir erscheint, es ist die

---

[14] Sarmaten: antikes Reitervolk aus Südrussland.

Unschuld selbst, verglichen mit den Verbrechen, in die sie mich führten."

„Ein Verdacht wie dieser ist mir schon einmal in den Sinn gekommen", antwortete ihre Schwester mit einem Seufzer, „aber ich wies ihn als zu fürchterlich zurück. Liebes Kind, denke nicht mehr über sie nach. Weißt du nicht, dass ich das Haus der Prinzessin verlassen habe und allein in einem kleinem Pavillon weit ab an der Strada Nuova lebe? Dort musst du ihre Belästigungen nicht fürchten."

„Ist Giorgio denn nicht bei dir?"

„Nein, ich habe ihn seit einiger Zeit nicht gesehen. Ich habe Zweifel, dass er in Neapel ist."

„So, *Messer* Giorgio, Sie haben mich wieder getäuscht. Aber ich hätte es wissen müssen, denn er spricht nie ein Wort der Wahrheit. Sei jedoch sicher, dass er in Neapel ist, denn ich fing heute Morgen einen Blick von ihm auf, als ich auf den Hügel stieg, der zur Kaserne bei Pizzofalcone führt, und er ist mit der Prinzessin vertraut wie immer, obwohl sie vorgibt, ihn zu verleugnen. Was mich betrifft, ich bin in San Carlos beschäftigt; das Dokument ist unterschrieben und besiegelt und kann nicht gebrochen werden, ohne eine große Geldsumme zu verlieren; sonst würde ich mich freuen, friedlich mit dir zusammenzuleben; denn du weißt nicht, Idalie, was ich alles habe erleiden müssen; wie traurig und schlecht ich behandelt worden bin! Wie oft war ich erschöpft von Mangel und Hunger; und schlimmer als das, wenn Giorgio sich in seinen Kopf setzte, mir nachzusteigen und sich im Orchestergraben aufpflanzte, seine fürchterlichen Blicke auf mich richtete, als ich sang! Wie oft bin ich aus dem Theater hinausgehastet und haben die Nächte in der großen breiten Maremma[15] verbracht, heimgesucht von Räubern, Büffeln und wilden Ebern, bis ich fast verrückt vor Furcht und Verwirrung war. Es gibt einen Fluch auf unserer Familie, denke ich. Lebte unser Vater nicht einmal in seinem eigenen herrlichen Schloss, mit einhundert Dienern, um ihm aufzuwarten? Und erinnerst du dich an den erbärmlichen Dachboden, auf dem er starb? Aber ich kann nicht länger bleiben. Ich werde bei der Probe erwartet. So Lebwohl, liebste Idalie. Sei du wenigstens glücklich, und lass mich das böse Schicksal erfüllen, das über unserer Rasse hängt."

„Nein! Nein!" rief Ladislas aus, „das darf nicht sein - das Dokument muss widerrufen werden." Denn er teilte ihre Gefühle, mit der Zuneigung und der Offenheit eines Bruders; mit süßen und überzeugenden Argumenten überwand er ihre Skrupel, ihm gegenüber eine pekuniäre Verpflichtung einzugehen, und nahm Marietta schließlich an der Hand und führte sie fort nach San Carlos, um ihr Engagement zu widerrufen.

Und nach einer weiteren Stunde war es widerrufen. Marietta war wieder frei und froh. Wie liebevolle

---

[15] Küstenlandschaft der Toskana zwischen La Spezia und Salerno, die heutige Provinz Grosseto.

alte Freunde trafen sich die drei wieder in dem kleinen Pavillon, der Idalies Zuhause war. Er stand allein in einem Myrtenwald auf dem letzten der grünen Vorgebirge, die die Strada Nuova bilden und die Bucht von Neapel von der Bucht von Baia[16] trennen - eine einsame Einsiedelei, abgesondert vom Lärm und Aufruhr der Stadt, deren einzige Besucher die schwachen Winde am Morgen und am Abend waren, das Lächeln des schönen italienischen Himmels, seine umherziehenden Wolken, und, vielleicht, ein einsamer Vogel. Aus jedem Teil des Gebäudes konnten man das Meer von Baia atemlos unter der Sonne funkeln sehen; durch die Fenster und die Säulen des Portikus[17] konnte man die Berge der entfernten Küste aufscheinen sehen, Stunde auf Stunde, wie Amethyste in einem aufregenden Dampf von purpurroten durchsichtigem Licht, so glühend, doch alkyonisch,[18] so hell und unwirklich, ein Dichter hätte damit die strahlende Atmosphäre gekennzeichnet, die um die Elysischen Inseln des ewigen Frieden und der Freude aufscheint. Marietta verließ bald das Gebäude, um sich einigen Fischerjungen anzuschließen, die auf dem Strand unten die *Tarantella* tanzten. Idalie nahm ihre Zeichnungen wieder auf, die ihre tägliche Arbeit waren, und mit denen sie ihren Lebensunterhalt

---

[16] Golf von Pozzuoli.

[17] Von Säulen oder Pfeilern getragener antiker Vorbau, häufig mit Dreiecksgiebel.

[18] Alkyone: hellster Stern im Sternhaufen der Plejaden.

verdiente, und Ladislas saß an ihrer Seite. Es gab kein Geräusch rollender Kutschen, kein Trampeln von Männern und Pferden, kein entferntes Singen, kein nahes Gespräch; der Wind erweckte kein Rascheln inmitten der Blätter des Myrtenwaldes, und die Wellen erstarben ohne einen Laut an der Küste. Ladislas' tiefe, aber melodische Stimme allein brach die glasklare Stille der mittäglichen Luft. Italien war um ihn herum, gekleidet in zweierlei Pracht von Blau und Grün; aber es war ein Exil, und die Erinnerungen an sein Heimatland belagerten sein Gedächtnis und drückten ihn nieder in ihrer Zahl und ihrer Lebendigkeit. In den drei Monaten, die er gebraucht hatte, um seine Flucht von Warschau nach Neapel zu bewerkstelligen, waren seine Lippen in Stille geschlossen gewesen, während sein Verstand in dem Dunkel der schrecklichen Bilder eingehüllt gewesen war, die ihn heimsuchten. In Idalies Gesicht gab es diesen Ausdruck von Unschuld und Erhabenheit der Seele, von Reinheit und Stärke, die in ihm die wärmste Bewunderung erregten und plötzliches und tiefes Vertrauen erweckten. Sie sah wie übernatürliches Wesen aus, das durch die Welt geht, von seinen Verdorbenheiten unberührt; wie eine von jenen, die unbewusst, doch mit Freude, Vergnügen und Frieden vermitteln; und Ladislas fühlte, dass, wenn er mit ihr von der dunklen Trauer seines Landes sprach, sie ihr tödliches Gewicht verlor und durch ihr Mitgefühl in Schönheit aufgelöst wurde. In glühenden Ausdrücken beschrieb er den heldenhaften Kampf Polens für die Freiheit; der

Triumph und Jubel, die jeden Busen in den wenigen Monaten gefüllt hatten, als sie frei waren; die Nöte und Entbehrungen die sie erduldet hatten, die Taten kühnen Muts der Männer, das Heldentum, das in den Frauen erwacht war; und dann sein Untergang - die Rückkehr der Russen; der fürchterliche Charakter der russischen Despotie, seine Strenge und seine Täuschung, sein Stolz und seine egoistische Unkenntnis: der Verlust an öffentlicher und privater Integrität, den Unglauben an das Gute, das verdorbene, hoffnungslose, freudlose Leben, erduldet von jenen, die es unter seiner Knechtschaft erdrückt.

Auf diese Art vergingen die Stunden des Vormittages. Dann richtete Ladislas seine Augen auf der Küste von Baia und drückte zu derselben Zeit seine Ungeduld aus, diesen alten Ort von Helden und Kaisern zu besuchen. Idalie führte ihn über einen kleinen Pfad den Hügel hinunter an den Strand. Dort fanden sie einen Kahn, der müßig auf den Wellen hin und her tanzte und machten ihn los von dem felsigen Hafen, in dem er lag. Die Überfahrt dieser mit den glücklichen Liebenden beladenen leichten Bark war nett anzusehen, wie sie von ihren Segeln getragen, durch den kleinen Meereskanal rauschte, der zwischen dem schnabelförmigen Vorgebirge des Festlandes und den nahen Klippen der Insel Nisida lag; und, mit einer sanften Bewegung, glitt sie in die offene Fläche der Bucht von Baia, und machte ihren Weg durch das durchscheinende Wasser, über den Ruinen von Tempeln und Palästen, die von Meeresunkraut überwachsen waren, auf denen die Strahlen der Sonne spielten und tausend Regenbogenfarben schufen, die sich mit jeder Welle änderten, die über sie floss. In der ganzen Ebene blauen Lichts war es das einzige sich bewegende Ding; und, als ob es das Kind des Ozeans, der es trug, und der Sonne, die darauf schaute, gewesen wäre, sauste es fröhlich in ihrem Lächeln vorbei an der Festung, in der Brutus und Cassius nach dem Tod Caesars Zuflucht suchten; vorbei an den Tempeln von Jupiter und Neptun; vorbei an den Ruinen jenes Schlosses, in dem einst drei Römer die Welt zwischen sich aufteilten, zum Hügel von Cumae, der das teure Linternum[19] von Scipio Africanus beschattete, und auf dem er starb. Diese ganze Küste ist ein Paradies von natürlicher Schönheit, geschmückt mit ihrer eigenen Herrlichkeit durch die von der Zeit angenagten Wracks, mit denen es übersät ist; die vermoderte Vergangenheit ist mit der lebhaften Gegenwart vermischt; Ruine und graue Vernichtung sind im ewigen Frühling geschmückt. Die bewaldeten Windungen der Küste zeigen in ihren tiefen Nischen die schimmernden Marmorfragmente der Wohnsitze alter Helden. Die grünen Farbtöne der Vorgebirge vermischen sich mit den aufrechten Säulen von zertrümmerten Tempeln, oder kleiden, mit der sinnlichen Blüte der Natur, die matten trübseligen Urnen entschwundener Götter ein;

---

[19] Antiker Badeort; moderner Name: Linterno.

während das Blattwerk und die Inlandbrunnen und die brechenden Wellen auf der Küste um sie herum rauschen, einen Gesang von Liebe und Freude webend. Erde, Meer und Himmel lodern wie drei Götter von ruhiger, aber aufregender Schönheit, mit einer Pracht die nicht blendet, mit einem Reichtum, der nicht übersättigen kann. Die Luft an dieser schönen warmen Küste ist wie ein duftendes Feld; die erfrischende Meerbrise scheint aus dem Paradies zu wehen, ihre Sinne zu beschleunigen und den Geruch von tausend unbekannten Blüten zu ihnen zu bringen.

„Was für eine Welt ist das?" rief Ladislas in einem Ton des Entzückens aus, der seine eigene Frage fast beantwortete. „Ich könnte mir vorstellen, dass ich einen verzauberten Garten betreten habe; vier Himmel umgeben mich; der eine oben; das reine Element unter mir mit seinen Wellen, die scheinen und zittern wie Sterne; die geschmückte Erde, die über ihr hängt; und der Himmel der Freude, den sie in meiner Brust schaffen. Der Morgen ist hier Rose, der Tag eine Tulpe, eine Lilie die Nacht; der Abend ist, wie der Morgen, wieder eine Rose und das Leben scheint eine Chorhymne schöner und glühender Gefühle, die ich mir selbst singe, wenn ich entlang dieses immerwährenden Pfads von Blumen wandere."

Es war Nacht, bevor sie wieder den Pavillon erreichten. Er lag dunkel und verlassen im klaren Mondschein; die Tür war verschlossen. Die Fenster und ihre äußeren Läden waren von innen geschlossen worden, um sicher jeden Zutritt zu verwehren, es sei denn dadurch, dass sie aufgebrochen wurden, was die feste Natur der Läden fast unmöglich machte. Nachdem sie gerufen und wiederholt geklopft hatten, ohne irgendeine Antwort zu erhalten, war offensichtlich, das Marietta den Wohnsitz verlassen hatte. Im ersten Moment der Überraschung, die dieses Ereignis verursacht hatte, hatten sie das beschriebene Blatt Papier von einiger Größe nicht beachtet, das ungefaltet direkt vor der Tür lag, als ob es Aufmerksamkeit auf sich ziehen sollte. Idalie nahm es auf und las die folgenden Zeilen, verfasst von Marietta:

„Oh, Idalie! Was für ein niederträchtiges Ding ist das Leben. Nur einigen Stunden zuvor waren wir ruhig und sicher im Glück - jetzt ist Gefahr und vielleicht Zerstörung unser Anteil. Eine Chance bleibt noch. In dem Moment, wenn du dies bekommst, überzeuge - überzeuge nicht nur - sondern zwinge diesen bezaubernden Fremden, sofort aus Neapel zu fliehen. Er ist hier keinen Augenblick länger sicher. Habe keinen Zweifel daran, was ich sage, oder sein Leben kann die Strafe sein. Wie kann ich dies deinem Verstand klarmachen? Ich würde nicht bereitwillig jemanden preisgeben, aber wie sonst kann ich ihn retten? Giorgio ist hier gewesen. Oh! Die schreckliche Gewalttätigkeit dieses Mannes. Er phantasierte wie ein Wahnsinniger, und ließ solch dunklen und blutigen Andeutungen fallen, das sich Welten des

Entsetzens in mir öffneten. Ich bin fort, um aufzudecken, was ich kann. Ich kenne seine Treffpunkte und seine Partner und werde bald herausfinden, ob es irgendeine Wahrheit in dem gibt, was er androht. Ich konnte eure Rückkehr nicht abwarten, auch wagte ich nicht, den Pavillon offen zu verlassen. Wer weiß, ob sich nicht in der Zeit zwischen meiner Abreise und eurer Rückkehr ein Mörder drinnen verbergen könnte; und dein erstes Willkommen wäre, den Fremden leblos zu deinen Füßen fallen zu sehen. Jeder seiner Schritt wird von Spionen beobachtet, die für seine Zerstörung bewaffnet sind. Ich weiß nicht, was zu tun ist - und doch scheint es mir, das mein Weggehen möglicherweise die Katastrophe abwenden kann. - MARIETTA."

Ladislas hörte diesen Zeilen ungerührt zu; aber die Wirkung, die sie auf Idalie erzeugten, war schrecklich. Sie schenkte ihnen völligen Glauben, und jedes Wort klang wie ein Totengeläut. Sie verlor jede Vernunft. Jede Überlegung, die dazu führen könnte, den Schlag abzuwenden, den sie so sehr fürchtete, wurde von Qual verschlungen, als ob die Tat, die vollendet werden sollte, schon geschehen sei. Welche Aufgabe kann schwieriger sein, als die überwältigende Qual zu beschreiben, die schweres und unerwartetes Elend erzeugt. Den Tag erlebt zu haben, den Idalie gerade erlebt hatte - einen Tag an welchem die ganze Schönheit der Existenz in ihren eigentlichen Tiefen entschleiert worden war; geträumt zu haben, wie sie es getan hatte, ein Traum von Liebe, der ihre Seele ins Göttliche und kaum vermittelbare Freude durchdrang; und jetzt von diesem Gipfel des Glücks in eine schwarze und lichtlose Höhle zu sinken, dem Wohnsitz des Todes, dessen geisterhafte Gestalt und frostiger Geist durch die ganze Luft zu fühlen war! Dies ist aber eine schwache Metapher für den plötzlichen Wechsel von Entzücken zu Elend, den Idalie erlebte. Sie schaute auf Ladislas und erblickte ihn hell und voll des Lebens; die rosenrote Farbe der Gesundheit auf seiner Wange, seine vor friedlicher Freude strahlenden Augen, sein stattliches Gesicht, das nicht im geringsten von der unerschütterlichen und göttlichen Selbstbeherrschung abwich, die ihr gewohnter Ausdruck war. Und, da ihre Phantasie ihr den tödlichen Moment vergegenwärtigte, wenn dieses geliebte Wesen unter dem Dolch des Mörders niedersinken würde, blutend, verwundet, und dann für immer im Tode verloren sein würde, schoss ihr das Blut zum Herzen, eine tödliche Pause folgte, aus welcher sie in einem verwirrenden Dunst von Entsetzen erwachte. Die stille Luft und der ruhige Mondschein schienen ihr Schaden auszubrüten; tausend Schatten, die von niemandem ausgingen, sondern die Geschöpfe ihres verzweifelten Gehirns waren, huschten herum und füllten den leeren Raum des Portikus. Arme Idalie! Eine Ewigkeit des Glücks war teuer erkauft worden, zum Preis der überwältigenden Qual dieses Moments! Ladislas sah ihren Ausbruch von Gefühlen mit Schmerz, in welchem jedoch nicht alles Schmerz war, denn es war mit diesem triumphierenden Jubel gemischt,

38

den ein Liebender immer fühlt, wenn er zum ersten Mal sicher ist, dass er von dem Objekt seiner Liebe mit einer Zuneigung, zart und intensiv wie sein eigene, geliebt wird.

Sobald Idalie ihre Vernunft wiederfand, bat sie Ladislas mit leidenschaftlichem Flehen, sie zu verlassen, diese einsame Stelle zu fliehen und Sicherheit inmitten der überfüllten Straßen von Neapel zu suchen. Er wollte nichts davon hören; er machte ihr sanft Vorhaltungen über die Unvernünftigkeit ihres Schreckens, betonte, wie wenig wahrscheinlich es war, dass das vorherige *rencontre*[20] mit Giorgio in Gaeta in ihm solch einen tödlichen Geist der Rache, wie Marietta darstellte, hätte erwecken können. Er nahm die ganze Sache leicht und führte sie auch auf die Lebhaftigkeit von Mariettas Phantasie zurück, die sie dazu gebracht hatte, einigen ärgerlichen Ausdrücken ihres Bruders eine monströse Bedeutung zuzuschreiben. Man sollte sie als irgendeine fröhliche Devise betrachten, die sie bewerkstelligt hatte, um sie zu erschrecken. Und er beruhigte Idalie durch Versicherungen, dass sie ihre wilde Schwester bald lachend und voller Schadenfreude über den Erfolg ihres Komplotts zurückkehren sehen würden. In dieser Erwartung vergingen zwei Stunden, aber keine Marietta erschien, und es war zu spät geworden, um eine andere Unterkunft zu suchen, ohne Idalie der Verleumdung von bösartigen Menschen

---

[20] Frz.: Begegnung, Zusammenstoß

auszusetzen. Sie verbrachten den Rest der Nacht deshalb im Portikus. Idalie war manchmal matt und atemlos, mit wiederkehrenden Ängsten, und manchmal ruhig und glücklich, wenn Ladislas seine Geschichte von leidenschaftlicher Liebe hervorquellen ließ. Seine Gefühle waren im Gegensatz dazu rein und ungetrübt. Wo Idalie war, da war das ganze Universum für ihn; wo sie nicht war, gab es nur eine formlose Leere. Er hatte einen unersättlichen Durst nach ihrer Gegenwart, der mit der Erfüllung seines Wunsches nur intensiver wurde; und er segnete das glückliche Ereignis, das sein Glück um Stunden verlängerte, die sonst damit verbracht worden wären, in ihrer Abwesenheit vor Gram zu vergehen. Keine anderen Überlegungen störten. Seligkeit flammte in seinen Augen auf, wenn er auf dieses schöne Gesicht und die fehlerlose Gestalt blickte und Engel hätten ihn um das Glück beneiden können, das er empfand.

Der Morgen kam, hell und heiter; die Sonne ging auf, der Ozean und die Berge nahmen wieder ihre zauberhafte Pracht an; die Myrtenwälder und jede noch so winzige Blüte des Gartens glänzten unter der Sonne, und die ganze Erde war von einer glücklichen Gestalt, vollkommen gemacht von der Kraft des Lichts. Sie erinnerten sich daran, dass sie versprochen hatten, die Prinzessin Dashkhoff und eine große Gesellschaft ihrer Freunde um acht Uhr zu einer Exkursion nach Paestum[21] zu treffen. Der Treffpunkt war die Küste bei der Villa Reale, wo die zahlreichen Gäste sich auf einem Dampfer einschiffen sollten, der für diese Anlass gemietet worden war. In Idalies gegenwärtigem obdachlosen und unsicheren Zustand bot dieser Plan einige Vorteile. Er würde ihnen ermöglichen, den Tag in der gegenseitigen Gesellschaft unter der Schirmherrschaft der Prinzessin zu verbringen, und man konnte hoffen, dass bei ihrer Rückkehr das Geheimnis von Mariettas Verschwinden entwirrt sein würde, und Idalie ihr Haus wieder offen finden würde. Sie hatten sich kaum aufgemacht um zu gehen, als man eines von jenen Pferde-*calessini*,[22] welche auf den Straßen von Neapel verkehren, zu ihnen kommen sehen konnte. Sein Fahrer, ein zerlumpter Junge, saß auf der Deichsel und sang, während er fuhr; ein anderes Gassenkind stand, in Lumpen gehüllt, als Lakai dahinter, und zwischen ihnen saß Marietta; die Blässe der Furcht war auf ihren Wangen, und ihre Augen hatten den verblüfften erschreckten Blick von einer, die auf irgendein entsetzlichen Schrecken geblickt hat. Sie stieg hastig ab und gebot dem *calessino*, sich in einige Entfernung zurückzuziehen und weitere Anweisungen abzuwarten.

---

[21] Antike Ruinenstätte in Kampanien, 35 km südöstlich von Salerno; im 11. Jh. zerstört, im 18. Jh. wiederentdeckt.

[22] calessino: Wägelchen (ital.).

„Warum ist er noch hier?" sagte sie zu ihrer Schwester. „Du törichte blinde Idalie, warum kümmerst du dich nicht um meinen Brief - zu stolz, vermute ich, irgendjemanden zu gehorchen, außer dir selbst; aber merke, du wolltest meine Warnungen nicht hören - wir werden ihn verlieren, und du fühlst es im Inneren deines Herzens."

Sie warf sich dann mit der ganzen heftigen Gestik einer Italienerin Ladislas zu Füßen und mit einer Miene, die ihre eigene volle Überzeugung dessen ausdrückte, wovon sie sprach, flehte sie ihn an, sofort zu fliehen; nicht nur aus Neapel, sondern aus Italien, denn sein das Leben würde nie sicher sein in diesem Land von Mördern und Verrätern. Mit eindringlichen Bitten, fast so heftig wie ihre eigenen, drängten Ladislas und Idalie sie dazu, alles zu erklären, aber dies warf sie nur in eine neue Raserei; sie weinte und zerriss ihr Haar; sie erklärte, dass die Gefahr zu dringend wäre, um Erklärungen abzugeben - jeder Moment wäre wertvoll - eine weitere Stunde in Neapel zu bleiben wäre sein Tod.

Die Situation von Ladislas war merkwürdig. Er hatte in den russischen Feldzügen gegen Persien und die Türkei gedient und war den Möglichkeiten der Zerstörung dort täglich ausgesetzt gewesen; im späteren Kampf zwischen Polen und Russland hatte er Taten von solch entschlossenem und kühnem Mut durchgeführt, die seinen Namen zu einer Herrlichkeit für seine Landsleute und zu einem Schrecken für deren Feinde machte. Bei all diesen Heldentaten hatte er sich selbst so uneingeschränkt

42

dem Tode bestimmt, das seine Flucht als ein wundersames Eingreifen des Himmels betrachtet wurde. Es war nicht zu erwarten, dass dieser Mars in menschlicher Gestalt, dieser Achilles, der dem Tod in tausendfacher Form getrotzt hatte, jetzt einwilligen sollte, vor dem erhobenen Finger und den visionären Warnungen eines hysterischen Mädchens zu fliehen, denn ein solches schien Marietta ihm zu sein. Er bemitleidete ihre Leiden, bemühte sich darum, sie zu beruhigen, aber behauptete, er würde keinen Grund sehen, der ihn dazu bringen konnte, Neapel zu verlassen.

Eine volle Viertelstunde verging, bevor Marietta eine Erklärung abgerungen werden konnte. Das Chaos, das in ihrem Verstand herrschte, kann man sich leicht vorstellen. Sie war im Besitz eines Geheimnisses, von dem das Leben von zwei Personen abhing. Ladislas weigerte sich, sich zu retten, es sei denn, sie erklärte, was das Leben ihres Bruders in Gefahr bringen könnte. Welchen Weg auch immer sie schaute, die Aussicht schloss Zerstörung mit ein. Die Natur hatte ihr ein Herz geschenkt, das sich der Leiden von anderen außerordentlich bewusst war; einen Verstand, der schnell darin war, die feinsten Züge moralischer Rechtschaffenheit wahrzunehmen, und hartnäckig in dem Bemühen, diese Wahrnehmungen darzustellen. Jede Abweichung in ihrem Verhalten von diesen Prinzipien waren das Werk eines Schicksals gewesen, das ihre schwache Jugend, stark und heftig wie ein Sturm, unter seiner Kraft hinunterbog wie

Schilf. Sie hatte Giorgio einst geliebt; er hatte mit ihr gespielt und sie liebkost in früher Kindheit - die herzliche Schirmherrschaft eines älteren Bruders hatte ihr den einzigen Luxus verschafft, den ihre verwaiste Kindheit jemals gekannt hatte. Geschwisterliche Liebe rief laut in ihr, sein Leben nicht zu gefährden; Dankbarkeit rief ebenso laut in ihr, ihrem Wohltäter nicht zu erlauben, sein Opfer zu werden. Dieser letzte Gedanke war zu fürchterlich, um ertragen zu werden. Die Gegenwart ist in der Jugend immer allmächtig, und Marietta berichtete, was sie wusste.

Nun mag das arme Kind wild und ungeordnet sein. Sie hatte die Nacht in den Katakomben von San Gennaro unter dem Capo di Monte verbracht. In diesen unterirdischen Galerien wurden die nächtlichen Treffen einer Schar von verzweifelten *bravi*[23] abgehalten, deren heimlicher Anführer Giorgio war. Der Eingang zu den Katakomben war in einem verlassenen Weinberg und war von riesigen Aloen überwachsen. In Steinen und scharfen Felsen verwurzelt, erhoben sie ihre dornigen Blätter über der Öffnung und verbargen sie wirksam. Ein einsamer Feigenbaum, der in der Nähe wuchs, machte die Stelle für jene, die mit dem Geheimnis schon vertraut waren, leicht erkennbar. Die Katakomben selbst waren breite gewundene Höhlen, die Begräbnisstätte der Toten vergangener Zeitalter. Stapel menschlicher Knochen, weiß und

---

[23] *bravo*: Räuber (ital.).

von der Zeit gebleicht, waren entlang der felsigen Seiten dieser Höhlen angehäuft. Bei einem dieser Spaziergänge, als sie noch Freunde waren, hatte Giorgio Marietta die Stelle gezeigt. In jenen Tagen fürchtete er nicht, ihr seine mysteriöse Art des Lebens anzuvertrauen; denn obwohl sie in allen gemeinen Angelegenheiten wild und widerspenstig war, war Marietta doch in allen, die die Interessen von jenen wenigen berührten, die sie liebte, still und reserviert wie Epicharis[24] selbst. Die Drohungen, die Giorgio am vorangegangenen Vormittag bei seinem Besuch ausgestoßen hatte, hatten ihre höchste Besorgnis erregt, und sie entschloss sich, bei jedem Risiko, das Ausmaß der Gefahr zu erkunden, die über dem Fremden hing. Nachdem sie vergeblich auf Idalies Rückkehr bis zum Abend gewartet hatte, war sie nach Capo di Monte geeilt, hatte die Katakomben allein betreten und hatte, verborgen hinter einem Stapel Knochen, die Ankunft der Verbündeten erwartet. Sie versammelten sich um Mitternacht. Das erste Thema ihrer Beratung war der Fremde. Giorgio machte sie mit seiner Geschichte bekannt, von der er ihnen sagte, dass sie ihm an diesem Morgen von einer russischen Dame von hoher Bedeutung übermittelt worden war, die ihn ebenso mit dem Geschäft beauftragt hatte, das er ihnen darlegen müsse. Er beschrieb Ladislas als

---

[24] Epicharis, eine römische Hetäre, wurde beschuldigt, in ein Mordkomplott gegen Kaiser Nero verwickelt zu sein. Sie schwieg unter der Folter und erdrosselte sich schließlich selbst mit ihrem Brustband (nach Tacitus).

Flüchtling, ungeschützt von irgendeiner Regierung; er trüge bestimmte Papiere mit sich, die im Palast von Warschau gefunden worden waren und die vertrauliche Mitteilungen des russischen Autokraten an seinen Bruder enthielten, den Vizekönig von Polen, und die von einer solchen Natur waren, das sie ganz Europa in Waffen gegen ihren Verfasser aufstehen lassen würden. Diese Papiere waren Ladislas anvertraut worden, dessen Absicht es war, nach Paris zu gehen und sie dort zu veröffentlichen. Private Geschäfte von größter Bedeutung jedoch hatte ihn gezwungen, Neapel zu besuchen, bevor er nach Paris gehen konnte. Die russische Regierung hatte ihn bis nach Neapel verfolgt und eine gewisse russische Dame ermächtigt, jeden Schritt zu unternehmen oder so weit wie nötig zu gehen, um diese Papiere von Ladislas zu erhalten. Diese Dame hatte Giorgio zu ihrem Abgesandten gemacht; ihren Namen verbarg er sorgfältig, aber Marietta beteuerte, aus seiner Beschreibung ginge hervor, dass es niemand außer der Prinzessin Dashkhoff sein konnte. Nach langer Beratung in der Schar war über das Attentat auf den Polen entschieden worden. Dies schien die einzig sichere Methode zu sein, denn er trug die Papiere immer bei sich, war für seinen Mut berühmt und würde, wenn man ihn offen angriff, Widerstand leisten bis zum letzten. Giorgio nahm es nicht so genau mit der Wahl seiner Mittel, und sagte seinen Begleitern, dass er in diesem Fall noch weniger Grund habe, es zu tun, da er Versicherungen von höchster Stelle erhalten habe, dass sein Verbrechen ungestraft bleiben würde, und

46

die Belohnung enorm sei. Ladislas war fast unbekannt in Neapel; die Regierung würde sich nicht für einen Flüchtling, ohne Reisepass, Land oder Name interessieren; und welche Freunde hatte er hier, welche die Umstände seiner Vernichtung untersuchen würden oder interessiert wären, ihn zu rächen?

Das war Mariettas Geschichte, und Ladislas bestätigte sofort die Notwendigkeit einer Flucht. Er war zu gut mit der Perfidie und Barbarei der Russen bekannt, um Zweifel daran zu haben, dass sogar eine Dame von einem so hohen Rang wie der Prinzessin Dashkhoff dazu gebracht werden könnte, so eine üble Aufgabe zu übernehmen, wie Marietta ihr zuschrieb. Die weltlichen und künstlerischen Sitten dieser Dame hätten sich bei einer italienischen oder einer französischen Frau nur aus der Gewohnheit der Intrige ergeben; aber ein Russin, nicht gewohnt das menschliche Leben als heilig anzusehen, gelehrt durch die Regierung ihres eigenen Landes, dass Grausamkeit und Verrat verzeihliche Verstöße sind, gänzlich bar eines Sinns für Ehre, verbarg unter solch einem Äußeren die widerwärtigsten Laster, und ein mangelndes Gefühl für Schuld, das in zivilisierteren Ländern unbekannt war. Ladislas wusste dies; und er wusste, dass die Schlechtigkeit der neapolitanischen Regierung einen Umfang des Verbrechens zuließ, der woanders nicht existieren konnte; und er meinte, dass es auf jeden Fall besser war, sich sofort vom Schauplatz der Gefahr zurückzuziehen.

Als sie über diese Dinge nachsannen, baten Idalies flehentliche Blicke ihn eindringlich zu fliehen. Er willigte ein; aber eine Bedingung stellte er für seine Zustimmung, dass Idalie mit ihm fliehen sollte. Er brachte sein Anliegen mit Leidenschaftlichkeit vor. Es wäre für sie leicht, nach einer sehr kurzen Nachricht den Beichtvater der jungen Dame aufzusuchen, ihn dazu zu bringen, ihnen die Hochzeitssegnung zu erweisen und auf diese Art ihre gemeinsame Abreise zu heiligen. Marietta unterstützte die dringenden Bitten des jungen Liebhabers, und Idalie, errötend und verwirrt, konnte nur antworten:

„Dass ich Sie begleitete, könnte nur die Gefahr für Sie steigern und die Möglichkeiten des *bravo* erleichtern, Sie zu verfolgen. Wie könnte ich einen Reisepass bekommen? Wie diesen Ort verlassen?"

„Ich habe einen Plan für alles", antwortete Ladislas; und er berichtete dann, das die *Sully*, ein Dampfpaketboot, im Hafen von Neapel läge, bereit auf die kürzeste Mitteilung hin abzufahren; er würde dieses für ihre Beförderung nehmen und so der Küste von Neapel und all ihren Gefahren ein schnelles Adieu entbieten.

„Aber das Boot", rief Idalie aus, „dieses Dampfpaketboot ist genau das, das von der Prinzessin für unsere Exkursion nach Paestum engagiert wurde, an diesem Morgen."

Dies schien für einige Zeit ihren Plan durcheinander zubringen, aber sie dachten daran, dass Ladislas keine Gefahr drohen konnte, während er einer aus der Vergnügungsgesellschaft der Prinzessin war. Durch diese Handlung wäre seiner zukünftige Abreise ganz unverdächtig. Nachts, bei ihrer Rückkehr aus Paestum, wenn der Rest der Gesellschaft in Neapel von Bord ging, würden Ladislas und Idalie an Bord bleiben, und das Schiff sofort zu seiner Reise nach Frankreich aufbrechen. Dieser Plan nahm so feste Gestalt an, während Ladislas Idalie in einem Ton herzlichen Vorwurfs fragte, warum sie sich weigerte, sein Glück zu teilen und ihn auf seiner Reise zu begleiten.

Und Marietta, in ihre Hände klatschend, rief aus: „Sie willigt ein! Sie willigt ein! Fragen Sie nicht mehr, sie hat schon nachgegeben. Wir kehren alle nach Neapel zurück. Ladislas soll sofort den Kapitän der *Sully* aufzusuchen, und alles mit ihm arrangieren; während wir, ohne Zeit zu verlieren, zum Kloster von Vater Basil fahren und alles bereit machen für den Zeitpunkt, zu dem Ladislas sich uns anschließen soll, welches mit ebensolcher Geschwindigkeit wie er es arrangieren kann, geschehen muss."

Idalie willigte leise in dieses Arrangement ein, und Ladislas küsste ihre Hand mit warmer und überfließender Dankbarkeit. Sie brachten es nun fertig, alle auf dem kleinen *calessino* Platz zu finden und als sie sich auf den Weg machten, sagte Ladislas: „Wir scheinen über allem das zukünftige Schicksal unserer lieben Marietta vergessen zu haben. Der freundlose Zustand, in dem wir sie verlassen werden, erfüllt mich mit Sorge. Sie ist die Retterin meines Lebens, und wir sind beide in den tiefsten Verpflichtungen ihr gegenüber. Was werden Sie tun, Marietta, wenn wir weg sind?"

„Fürchtet nicht um mich", rief das wilde Mädchen aus, „es ist notwendig, dass ich erst noch zurückbleiben muss, um jene Dinge zu arrangieren, die Idalies plötzliche Abreise in trauriger Unordnung lässt; aber Sie sehen mich bald in Paris, denn wie kann ich getrennt von meiner Schwester existieren?"

Als sie in der Nähe von Neapel waren, stieg Ladislas aus dem *calessino* aus und richtete seine Schritte dem Hafen zu, während die schönen Mädchen auf ihrem Weg zum Kloster weiterfuhren. Was die schüchterne Idalie ohne die Hilfe ihrer Schwester getan hätte, ist schwierig zu erraten. Marietta besorgte alles; sie gewann den Priester für die plötzliche Ehe, bewerkstelligte es, Kleidungsartikel für die Reise der schönen Braut aufzutreiben und dachte an alles, mit so viel Wachsamkeit und Sorgfalt, als wenn ihr eigenes Schicksal von den vergehenden Stunden abhängen würde. Sie schien der Schutzengel der Liebenden zu sein. Ladislas kam im Kloster an; er war bei dem Kapitän des Dampfpaketbootes erfolgreich gewesen und alles war vorbereitet. Marietta hörte dies von seinen eigenen Lippen und trug die glücklichen Neuigkeiten zu Idalie. Er sah sie nicht, bis sie sich am Altar trafen, wo, vor dem ehrwürdigen Priester kniend, sie für immer verbunden wurden. Und nun gab ihnen die rasende Zeit keinen Moment, ihren wechselnden und überwältigenden Gefühlen nachzugeben. Idalie umarmte ihre Schwester wieder und wieder, flehte sie darum an, ihnen schnell nach Paris zu folgen und brachte sie dazu, ihr zu versprechen, bald zu schreiben. Und dann, begleitet von ihrem Mann, fuhr sie zur *Sully*, wo der Großteil der Gesellschaft schon an Bord versammelt war.

Der Rauch erhob sich in einem Strom von zerzausten Locken hoch in den Wind, der von achtern kam; die Maschine begann zu arbeiten und die Räder, ihre Runden zu drehen. Die blauen Wellen wurden in ihrem ruhigen Wasser gestört und in ausgebreiteten Sprühnebel wieder auf ihre Bruderwellen zurückgeworfen. Lebwohl Neapel! Diese Elysische Stadt, wie sie der Dichter zu Recht anruft; dieser Liebling von Meer und Land und Himmel. Die Hügel, die sie umgeben, glätten ihre rauen Gipfel und steigen in sanften Neigungen und offenen Passwegen ab, um ihre Gebäude und Wohnstätten aufzunehmen. Tempel, Kuppeln und Marmorpaläste erstrecken sich um die sichelförmige Form der Bucht und über ihnen erheben sich dunkle Massen und bewaldete Klüfte und schöne Gärten, deren Bäume immer frühlingshaft sind. Davor bändigt das starke Meer seine wilden Ströme und glättet sie in sanfteste Wellen, wie sie die silberne, steinige Küste küssen und mit wohlklingendem Murmeln um das tiefliegende Vorgebirge herum zurückbleiben. Der Himmel - wer hat nicht vom italienischen Himmel gehört? - hatte eine intensive

Ausbreitung, eine heitere Allgegenwart, für immer in unlöschbarer Schönheit über dem grenzenlosen Meer lächelnd und für immer sich in azurner Heiterkeit über den fließenden Umrissen der entfernten Berge biegend.

Das Dampfboot fuhr auf seinem geraden und schnellen Kurs die Küsten entlang, jede verschieden in Schönheit und süßen Düften. Sie passierten Castel-a-Mare und dann die schroffen Vorgebirge, auf denen Sorrento und das alte Amalfi liegen. Die Erhabenheit und intensive Schönheit der Landschaft hüllten jeden Busen, der nicht unzugänglich für reine und hochfliegende Gefühle ist, in Freude. Die mit Stechpalmen, dunklem Lorbeer und hellblättriger Myrte bedeckten Hügel wurden in den klaren Wellen gespiegelt, welche die niedrigeren Zweige liebkosten und küssten, wenn sie der Wind bewegte. Dahinter erhoben sich andere Hügel, auch mit Wald bedeckt; und weiter entfernt, den großartigen Hintergrund formend, war skizzenhaft der riesige Rücken der erhabenen Apenninen zu erkennen, die sich sogar über den Fuß Italiens erstrecken. Immer noch auf ihrem Weg nach Paestum fahrend, tauschten sie den felsigen Strand gegen eine niedrige und eintönige Küste ein. Die dunklen Berge zogen sich landeinwärts zurück und ließen eine Wildnis zurück, Wohnsitz der Malaria und Treffpunkt von Räubern. Die Landschaft nahm eine düstere Großartigkeit an, an Stelle der romantischen und malerischen Schönheit, die ihre Augen vorher bezaubert hatte. Ladislas lehnte sich über die Seite des Schiffs und blickte auf die Schönheit der Natur mit Gefühlen, die für sein Glück zu störend waren. Er war über die störende Gegenwart der Müßiggänger und Fröhlichen verärgert. Er sah Idalie in ihrer Mitte und wünschte nicht einmal sich ihr anschließen, während sie dort so umstellt war. Er sank in sich zusammen und versuchte, die unmittelbaren Beschwerden seiner Position zu vergessen und nur an dieses Paradies zu denken, worein Liebe ihn geführt hatte, um seine patriotische Trauer zu ersetzen. Er war geduldig bestrebt, die ermüdenden Stunden dieses nicht endenden Tages zu erdulden, während er eine falsche Rolle spielen und zusehen musste, wie seine Braut von anderen beschäftigt wurde. Während seine Aufmerksamkeit auf diese Art eingenommen wurde, schreckte ihn die Stimme der Prinzessin Dashkhoff auf. Als er aufsah, fragte er sich, ob ein Gesicht, das so verbindlich schien, und eine Stimme, die so gerecht sprach, so viel Boshaftigkeit und Täuschung verstecken konnte. Als die Stunden gingen, wurde seine Situation extrem lästig. Ein- oder zweimal stellte er sich nahe Idalie und versuchte, sie aus der Menge zu lösen; aber er sah jedes Mal, wie ihn die Prinzessin verstohlen beobachtete, während seine junge Braut mit femininer Umsicht jede Gelegenheit vermied, sich getrennt mit ihm zu unterhalten. Ladislas konnte dies nur schwer erdulden. Er begann sich einzubilden, dass er tausend Dinge zu sagen hatte und dass ihre gegenseitige Sicherheit davon abhing, dass er in der Lage war, sie ihr zu übermitteln. Er schrieb mit einem Bleistift hastig einige Zeilen auf die Rückseite eines Briefs. Er beschwor sie, einen Weg zu finden, ihm ein Gespräch von einigen Minuten zu gewähren, und sagte ihr, dass, wenn dies nicht zuvor getan werden könnte, er Gelegenheit finden würde, während der Rest der Gesellschaft anderweitig beschäftigt war, sich an diesem Abend von ihnen zu dem größeren Tempel fortzustehlen und sie dort zu erwarten, denn alles hing davon ab, dass er in der Lage war, mit ihr zu sprechen. Er wusste kaum, was er meinte, da er dies schrieb; aber, von Widersprüchlichkeiten und Ungeduld getrieben und danach verlangend, genau zu erfahren, wie sie vorhatte, wenn die Prinzessin in Neapel von Bord ging, schien es ihm von höchster Bedeutung, dass seiner Bitte entsprochen würde. Er faltete das Papier, als die Prinzessin an seiner Seite war und ihn ansprach.

„Ein Sonett, Graf Ladislas? Bestimmt inspirierte Sie eine poetische Eingebung; darf ich es nicht sehen?"

Und sie hielt ihre Hand auf. Unbewusst ertappt, warf Ladislas ihr einen Blick der Entrüstung und des Schreckens zu, der sie dazu brachte, rückwärts zu treten, zitternd und überrascht. War sie entdeckt? Der Gedanke war mit Schrecken beladen. Seine Rache wäre bestimmt so heftig, wie das Unrecht, das er erlitten hatte, hätte gut erwecken können. Aber Ladislas, der die Indiskretion seines Verhaltens wahrnahm, verbarg seine Gefühle mit einem Lächeln und antwortete:

„Es sind Worte eines polnischen Liedes, von dem ich wünsche, dass Idalie es zum Vergnügen Ihrer Freunde übersetzt."

Und vorwärtstretend gab er Idalie das Papier und gab seine Bitte kund. Alle drückten sich heran, um zu erfahren, was für ein Lied es war. Idalie sah die Schrift kurz an und war, die Farbe wechselnd, kaum fähig, ihrer Stimme solch eine Entschuldigung zu befehlen, wie die Unbesonnenheit ihres Mannes sie notwendig machte. Sie sagte, dass es Zeit und Muße erfordere und dass sie dem im Moment nicht entsprechen konnte; dann, das Papier zwischen ihren zitternden Fingern zusammendrückend, begann sie verwirrt, von etwas anderem zu reden. Die Gesellschaft tauschte Lächeln aus, aber sogar die Prinzessin hatte nun den Verdacht, es sei ein Kompliment wie von einem Liebhaber für ihr Protégée.

„Nein", sagte sie, „wir müssen wenigstens das Thema dieser Verse kennen. Was ist es? Sagen Sie es uns, ich flehe Sie an."

„Verrat", sagte Ladislas, der außerstande war, seine Gefühle zu kontrollieren.

Die Prinzessin wurde aschfahl; all ihre Selbstbeherrschung verflüchtigte sich, und sie kehrte sich von dem prüfenden Blick des Polen ab, mit einer Krankheit des Herzens, die sie fast für ihre Verbrechen bestrafte.

Sie bewegten sich jetzt nahe ihrem Zielort. Idalie, die das Papier ergriff, sehnte sich danach, es zu lesen, bevor sie die Küste erreichen würden. Sie versuchte, sich von der Gesellschaft zurückzuziehen, und Ladislas, der ihre Bewegungen beobachtete, trat in ein Gespräch mit der Prinzessin ein, um ihre Pläne zu erleichtern. Er hatte ihre Ängste und ihre Neugier wirksam geweckt, und sie ergriff eifrig die Gelegenheit, die er ihr bot, sich mit ihm zu unterhalten, sich darum bemühend herauszufinden, ob er wirklich irgendeinen Verdacht hegte oder ob ihr eigenes schuldiges Bewusstsein ihr die Sorge suggerierte, mit dem sein fremder Gesichtsausdruck sie erfüllt hatte. Ladislas brachte es so fertig, ihre ganze Aufmerksamkeit zu fesseln, und führte sie nicht wahrnehmbar in Richtung des Hecks des Schiffes; und als sie über dessen Seite lehnten und auf das Wasser hinunterblickten, war Idalie wirksam befreit von jeder Beobachtung. Sie löste sich jetzt von dem Rest der Gesellschaft und las im Gehen die von Ladislas mit Bleistift geschriebenen Zeilen. Dann, angsterfüllt von dem Geheimnis, das sie enthielten, und ungewohnt das Gewicht der Verheimlichung zu tragen, zerriss sie das Papier, als ob sie ängstlich wäre, dass sein Inhalt vermutet werden könnte, und war im Begriff, die Fragmente ins Meer zu werfen. Sie blickte vorsichtig um sich und nahm die Position der Prinzessin und von Ladislas wahr. Sie wusste, dass das schnelle Auge der Dame die schwimmenden Fetzen bald wahrnehmen würde, so wie das Boot ging. Idalie fürchtete den geringsten Schatten der Gefahr, so dass sie sich von der Seite des Schiffs zurückzog, aber immer noch bemüht, die gefährlichen Papiere loszuwerden, entschied sie, sie in den Laderaum zu werfen. Sie näherte sich ihm und sah hinunter. Hätte die Gestalt einer Schlange ihr Auge getroffen, wäre sie nicht mehr von Entsetzen gepackt gewesen. Ein Schrei schwebte auf ihren Lippen, aber mit einer starken Anstrengung unterdrückte sie ihn und lehnte sich schwankend gegen den Mast, zitternd und bestürzt. Sie konnte sich nicht getäuscht haben; es war Giorgios dunkles und missmutiges Auge, dem sie begegnet war. Sein finsteres Gesicht, nach oben gerichtet, konnte man nicht verwechseln. War nun die Gefahr so nah, so drängend und so unvermeidlich? Wie konnte sie die tödliche Information an ihren Mann übermitteln und ihn warnen? Sie erinnerte sich an seine schriftliche Bitte, der sie zuvor in ihrer Umsicht nicht hatte entsprechen wollen. Aber es würde ihr jetzt eine Gelegenheit gewähren, sollte sich nichts anderes anbieten, ihn über den unerwarteten Tischgenossen zu informieren, den die Mannschaft an Bord hatte.

So besaß Perfidie, dunkler Hass und zitternde Furcht die Herzen dieser Menschen, die, hätte ein flüchtiger Beobachter sie gesehen, wie sie über dieses Meer von Schönheit glitten, unter dem azurnen Himmel, entlang dieser verzauberten Küste, bedient mit jedem Luxus, verwöhnt von jeder offensichtlichen Segnung des Lebens - er hätte sich vorgestellt, dass sie aus der Welt für den Genuss des perfekten Glücks auserwählt worden waren. Aber sonniger Himmel und lachender Ozean erschien Idalie nur als der Treffpunkt und Ort von Tigern und

Schlangen. Ein feuchter Dunst schien die Pracht des Himmels zu beflecken, wie die schuldigen Seelen ihrer Mitgeschöpfe ihre deformierten Schatten über seine Helligkeit warfen.

Sie waren jetzt dicht an der flachen Küste angekommen. Pferde und zwei oder drei leichte offene Kutschen standen am Ufer, um sie zu den Tempeln zu bringen. Sie legten an. Ladislas erschien, um Idalie über die Planke aus dem Schiff an den Strand zu helfen.

„Ja?" fragte er sie mit einer eindringlichen Stimme, als er ihre Hand drückte. Sie gab den Druck leise zurück, und die Worte „hüte dich" zitterten auf ihren Lippen, als der junge Engländer, der sie schon einmal bewundert hatte und sich darum bemühte, ihre Aufmerksamkeit den ganzen Tag zu fesseln, wieder an ihrer Seite war, um ihr zu sagen, dass die Prinzessin auf sie in ihrer Kutsche wartete und sie inständig bat, sich nicht zu verspäten.

Die Gesellschaft ging dorthin, wo jene glorreichen Relikte zwischen den Bergen und dem Meer standen, wie Auswüchse aus der brachliegenden und unfruchtbaren Erde aufragend, alleine auf der breiten und dunklen Küste. Einige Schafe weideten an der Basis der Säulen und zwei oder drei wild dreinblickende Männer, gehüllt in Kleidung aus ungegerbtem Schaffell, lungerten herum. Ausrufe der Verwunderung und Freude brachen aus allen heraus, während Ladislas, der sich in einige Entfernung davonstahl, gern der unverschämten

Störung durch die Menge entkam, um in einsamen Träumen unter diese Ruinen zu schwelgen.

„Was ist der Mensch in seinem höchsten Ruhm?" dachte er. „Haben wir nicht die Fesseln Polens zerbrochen? Und hatte es nicht in seiner Freiheit den magischen Erfolgen Griechenlands nachgeeifert? Dennoch, wenn die Zeit mit ihren heimtückischen Schlangenwindungen es schließlich durch einige Jahrhunderte mehr geschleift hätte, wären die Denkmäler, die wir errichtet hätten, untergegangen wie diese und unsere Denkmäler, ein neues Paestum, hätten lediglich existiert, um Idioten zu verwundern und die leichtfertige Neugier von Narren zu erregen!"

Ladislas war sicher nicht in guter Stimmung, während er seinem Ärger auf diese Art Luft machte; aber er wurde durch zwei Umstände verärgert, die ausgereicht hätten, einen jungen Philosophen aufzuregen. Er erblickte eine Szene, deren majestätische Schönheit seine Seele mit Empfindsamkeit und Ehrfurcht erfüllte, inmitten einer Menge von Heuchlern, die mehr von der Aussicht auf ihr Picknick-Dinner durchdrungen war als von der Betrachtung der Herrlichkeit der Kunst; und er sah seine Braut, von Fremden umgeben, von ihren Plaudereien und ihren Schmeicheleien gefesselt und außerstande, ein Wort oder Blick des Vertrauens mit ihm auszutauschen. Er seufzte wegen der unter dem Portikus von Idalies einsamem Pavillon verbrachten Stunden, und die nahe Aussicht auf ihre Reise versöhnte ihn nicht mit der

Gegenwart; denn seine Seele wurde von der Notwendigkeit gestört, Höflichkeiten mit seinem Feind auszutauschen, und von Bildern von verräterischen Anschlägen heimgesucht zu werden, vor denen seine Tapferkeit ihn nicht schützen konnte.

Es war arrangiert worden, dass die Gesellschaft im Palast des Erzbischofs speisen und sich nicht vor zehn Uhr wieder einschiffen sollte, wenn der Mond aufgehen würde. Nach einigen Stunden, die sie zwischen den Ruinen verbrachten, informierten die Diener sie, dass ihr Mahl bereit war. Es war jetzt fast sechs Uhr, und, nachdem sie gespeist hatten, mussten noch mehr als zwei Stunden vergehen, bevor sie abfahren konnten. Die Nacht war über die Landschaft hereingebrochen und ihre Dunkelheit lud nicht einmal die Romantischsten ein, wieder zwischen den Ruinen herumzulaufen. Die Prinzessin, begierig darauf, für die Vergnügungen ihrer Gäste zu sorgen, brachte es zuwege, eine Geige, eine Flöte und einen Dudelsack zu entdecken, und mit Hilfe dieser Musik, die in den Händen von italienischen Bauern so genau in Takt und Ausdruck war, als ob Wieprecht[25] selbst den Vorsitz gehabt hätte, begannen sie zu tanzen. Idalies Hand wurde von dem Engländer gesucht; sie schaute in dem Zimmer umher, Ladislas war nicht

---

[25] Friedrich Wilhelm Wieprecht (1802-1872), Königlich Preußischer Kammermusicus (Musikdirektor); Erfinder der Basstuba und des „Großen Zapfenstreichs".

dort. Er hatte sich zweifellos zu den Tempeln begeben, um auf sie zu warten. Über die Gegenwart von Giorgio nicht informiert, gänzlich arglos und nicht auf der Hut, welchen Gefahren würde er ausgesetzt sein? Ihr Blut wurde kalt bei dem Gedanken; sie weigerte sich entschieden zu tanzen, und, die Prinzessin wahrnehmend, die bei einem Walzer in einem entfernten Teil des Zimmers herumwirbelte, schickte sie ihren übereifrigen Bewunderer auf irgendeine vorgebliche Besorgung nach einer Erfrischung und, nachdem sie das Haus hastig verlassen hatte, eilte sie weiter über das Gras in Richtung der Tempel. Als sie in die Nacht eingetaucht war, schien die Landschaft zunächst in undurchdringliche Dunkelheit gehüllt, aber die Sterne gossen ihre schwachen Strahlen aus und nach einigen Momenten begann sie, Gegenstände zu unterscheiden, und, als sie dem Tempel nahe kam, sah sie, wie sich die Gestalt eines Mannes langsam zwischen den Säulen bewegte. Sie hatte keinen Zweifel daran, dass es ihr Mann war, der in seinen Mantel gehüllt auf sie wartete. Sie eilte zu ihm, als sie Ladislas selbst sah, der sich gegen eine der Säulen lehnte, und der andere in demselben Moment von seinem verstohlenen Schritt in einen tigergleichen Sprung überging. Sie sah, wie ein Dolch in seiner Hand blinkte; sie schnellte vorwärts seinen Arm festzuhalten, und der Schlag ging auf sie nieder. Mit einem schwachen Schrei fiel sie auf die

Erde, als Ladislas sich umdrehte und auf den Mörder losging; ein mörderischer Kampf folgte; schon hatte Ladislas dem anderen den *poignard*[26] an seinem Griff entrissen, als der Verbrecher ein anderes Messer zog. Ladislas wehrte den unerwartet damit gegen ihn gerichteten Schlag ab und bohrte sein eigenes Stilett in die Brust des *bravo*; der fiel mit einem schweren Stöhnen zur Erde und dann ruhte die Stille des Grabes auf der Landschaft. Die weiße Robe von Idalie, die bewusstlos auf dem Boden lag, legte Ladislas an ihre Seite. Er richtete sie in sprachlosem Kummer auf, als er das Blut erblickte, welches ihr Kleid befleckte; aber zu dieser Zeit hatte sie sich von ihrer Ohnmacht erholt. Sie versicherte ihm, dass ihre Wunde leicht war, dass sie nichts war; aber sie sank wieder ohnmächtig in seine Arme. In einem Moment wurde sein Plan geformt; immer eifrig und impulsiv, führte er ihn aus, ehe irgendein anderer Gedanke ihn ändern konnte. Er hatte zuvor beschlossen, sich nicht wieder der Gesellschaft im Palast des Erzbischofs anzuschließen, sondern nach seinem Gespräch mit Idalie eilends ins Dampfboot einzusteigen; er hatte deshalb angeordnet, dass sein Pferd gesattelt wurde, es zum Tempel geführt und es an einer der Säulen angebunden. Er hob die ohnmächtige Idalie behutsam in seinen Armen hoch, stieg auf sein Pferd und lenkte seine Schritte von dem erleuchteten und lauten Palast. Er trabte zur einsamen Küste, wo er

---

[26] Frz.: Dolch.

den Kapitän und seine Mannschaft fand, die sich schon auf ihre Heimreise vorbereiteten. Mit ihrer Hilfe wurde Idalie an Bord gebracht, und Ladislas gab Anweisungen für das sofortige Hieven des Ankers und ihre unverzügliche Abreise. Der Kapitän fragte nach dem Rest der Gesellschaft.

„Sie kehren über Land zurück", sagte Ladislas. Als er die Worte sprach, fühlte er eine leichte Empfindung der Reue, wenn er an die Schwierigkeiten dachte, die sie dort bekommen würden; und wie sie während der Dunkelheit der Nacht fürchten könnten, ihrer Reise in einem Gebiet des Landes fortzusetzen, das von Banditen heimgesucht wurde. Aber die besinnungslose und matte Gestalt von Idalie zerstreute diese Gedanken. Anzukommen in Neapel, Hilfe für sie zu beschaffen und dann, wenn, wie er hoffte, ihre Wunde leicht war, ihre Reise vor der Rückkehr der Prinzessin Dashkhoff fortzusetzen, waren Beweggründe von zu höchster Wichtigkeit, um ihm ein Zögern zu erlauben. Der Kapitän der *Sully* stellte keine weiteren Fragen. Der Anker wurde gelichtet, die Räder setzten sich in Bewegung und ein silbernes Licht im Osten kündigte den Aufstieg des Mondes an, als sie von der Küste abstießen, und ihre schnelle Fahrt zurück nach Neapel aufnahmen. Sie waren noch nicht weit, als die Pflege von Ladislas seine schöne Braut wieder erwachen ließ. Die Wunde war in ihrem Arm und hatte lediglich die Haut abgeschürft. Der Schrecken wegen ihres Mannes, das Entsetzen wegen des tödlichen Kampfes, der sein Leben gefährdet hatte, hatte sie eher veranlasst in Ohnmacht zu fallen, als der Schmerz oder der Blutverlust. Sie verband ihren Arm selbst; und dann, als es schien, als bestünde keine Notwendigkeit für medizinische Hilfe, wiederrief Ladislas seine Befehle für die Rückkehr nach Neapel, sondern sie fuhren sofort aufs Meer hinaus und begannen ihre Reise nach Marseille.

Inzwischen wurde die Abwesenheit von Ladislas und Idalie während einer Tanzpause von den Festgästen im Palast des Erzbischofs bemerkt. Es erregte einige leichte sarkastische Bemerkungen, die, als sie sich fortsetzten, bitterer wurden. Die Prinzessin Dashkhoff schloss sich diesen an und doch konnte sie die Unruhe in ihrem Herzen nicht unterdrücken. Hätte sich Ladislas allein zurückgezogen, ihre Kenntnis von der Gegenwart von Giorgio und seinen Plänen hätte ihr die Ursache und die Dauer ausreichend erklärt; aber das auch Idalie nicht gefunden werden konnte, könnte eine Zeugin des begangenen Verbrechens bringen und ihren eigenen schuldigen Anteil an der Bluttat aufdecken, die auf ihre Veranlassung begangen wurde. Schließlich kündigte der Aufstieg des Mondes die Stunde an, zu der sie sich zur Küste begeben wollten. Die Pferde und Kutschen wurden zur Tür gebracht und dann wurde entdeckt, dass das Ross von Ladislas fehlte.

„Aber die Signora Idalie, ist sie nicht mit einem Zelter[27] gekommen?" fragte der Engländer spöttisch.

Sie waren gerade im Begriff einzusteigen, als vorgeschlagen wurde, ein letztes Blick auf die Tempel im Mondlicht zu werfen. Die Prinzessin war dagegen, aber vergeblich. Ihr Gewissen machte ihre Stimme schwach und nahm ihr die übliche Entschlusskraft. So ging sie leise weiter, halb fürchtend, dass ihre Fuß gegen einen Gegenstand der Schrecken stoßen würde, und bei jedem von der Gesellschaft gesprochenen Wort einen Ausruf des Entsetzens erwartend. Die unruhigen Mondstrahlen schienen hier und dort grauenvolle Gesichter und verstümmelte Glieder zu enthüllen, und der Tau der Nacht erschien ihrer aufgeregten Phantasie als die glitschige Feuchtigkeit vom Lebensblut ihres Opfers.

Sie hatten kaum den Tempel betreten, als ein Bauer mit den Nachrichten herbeieilte, dass das Dampfschiff fort war. Er brachte das Pferd von Ladislas zurück, der das Zaumzeug dem Mann beim Anbordgehen in die Hand gedrückt hatte; und der Bursche erklärte, dass die ohnmächtige Idalie seine Begleiterin war. Schrecken bei der Aussicht auf ihre dunkle Fahrt, Entrüstung über das egoistische Verhalten der Liebenden ließ jede Stimme gegen sie anheben; und die Prinzessin, deren Gewissen sie zuvor am stillsten gemacht hatte, war jetzt, als sie

---

[27] Damenpferd.

hörte, dass der Pole lebendig und in Sicherheit war, am lautesten und am verbittertesten in ihren Bemerkungen. Da sie so alle in Bestürzung versammelt waren und überlegten, was getan werden sollte, und die Prinzessin Dashkhoff sich in nicht besonders vornehmen Ausdrücken über die Ungehörigkeit und Undankbarkeit von Idalies Benehmen erregte und erklärte, dass allein Polen sich so benehmen konnten, mit einer solchen Mischung aus Täuschung und Niederträchtigkeit, erhob sich von dem Boden zu ihren Füßen eine blutüberströmte Gestalt. Als der Mond seine matten Strahlen auf sein noch matteres Gesicht warf, erkannte sie Giorgio. Die Damen kreischten, die Männer hasteten zu ihm, während die Prinzessin wünschte, die Erde würde sich öffnen und sie verschlingen. Sie stand versteinert da wie unter einem Bann, und starrte mit Schrecken und Verzweiflung auf den sterbenden Mann.

„Er ist entkommen, Madame", sagte Giorgio, „Ladislas ist Ihrem Komplott entkommen, und ich werde sein Opfer."

Er fiel zu Boden, da er diese Worte sprach, und als der Engländer näher kam, um ihn aufzurichten und ihm wenn möglich zu helfen, stellte er fest, dass das Leben ganz aus ihm geflohen war.

Auf diese Art endeten die Abenteuer des Polen in Neapel. Die Gräfin kehrte allein in ihrer Kalesche zurück, denn keiner wollte ihre Gesellschaft ertragen. Am nächsten Tag verließ sie Neapel und war auf dem Weg nach Russland, wo ihr

Verbrechen unbekannt war, außer jenen, die Komplizen darin gewesen waren. Marietta verbreitete die Nachricht von der Eheschließung ihrer Schwester und stellte auf diese Art Idalies guten Ruf völlig wieder her. Bald danach verließ sie Italien und traf mit dem glücklichen Ladislas und seiner Braut in Paris zusammen.

Euphrasia

Eine Geschichte aus Griechenland

Vor zwei Jahren, es war zu Weihnachten 1836, verließen vier Freunde Brighton auf ihrem Weg zum Landsitz eines Bekannten, etwa dreißig Meilen entfernt, wo sie beabsichtigten, diese Jahreszeit der Besinnlichkeit zu verbringen. Jeder, der zu dieser Zeit in Sussex war, muss sich an den Schneefall am Weihnachtsvorabend erinnern, der Brighton in eine Stadt Sibiriens verwandelte und all seine Gäste gefangen hielt. Der Kurier des Königs wurde durch das Gestöber auf seinem Weg nach London aufgehalten; keine Briefe wurden drei Tage gesandt oder aufgenommen; das *Pavilion*[28] hatte keine Gäste; Pferde und Kutschen konnten ihren Weg nicht durch die verstopften Straßen finden; es war ein seltsamer, wilder Anblick. Dennoch wurden, da

---

[28] Royal Pavilion, riesiges Hotel im pseudoorientalischen Stil aus dem späten 18. Jahrhundert.

diese Gesellschaft dazu entschlossen war, ihren Weg fortzusetzen, vier Pferde vor ihre Kutsche gespannt, und sie brachen auf. Sie kamen den halben Weg nach Lewes, als die Kutsche blockiert wurde; die Postillons waren von dem Gestöber geblendet; die Pferde waren außerstande, sich zu bewegen. Nacht brach herein, und sie sahen nichts, außer einer breiten Fläche von Schnee, der in dicken Schauern von den Winden verstreut wurde. Sie schauten aus den Fenstern; die Pferde waren bis über ihre Knie im Gestöber versunken, da die Postillons sie dazu drängten, weiter zu waten. Was es noch ärger machte, war, dass einer aus der Gesellschaft eine Frau war; ein Wesen, wenig dafür geeignet, auf die rauen Elemente zu stoßen. Ihr Vater wurde von der schrecklichen Vorstellung überwältigt, dass sie von der Nachtluft abgekühlt oder gezwungen sein würde, auszusteigen und ihre Füße zu nässen. Ihr Geist war erhaben; sie hatte darauf bestanden, ihn zu begleiten, und hatte, eingehüllt in Pelz, der Jahreszeit getrotzt; aber jetzt wunderte er sich über seine Torheit, sie mitzunehmen, und sah auf ihren kleinen Fuß in ihrem Satin-Pantoffel, mit dem sicheren Gefühl, dass, wenn sie aus der Kutsche steigen würde, sie nur einen Happen für den Sturm sein und in einem Augenblick verschwinden würde. Inzwischen brach Dunkelheit herein; es gab keine Hoffnung, sich zu bewegen. Der Vater der Dame war ausgestiegen, um die Szene zu betrachten, und fürchtete sich dann davor, wieder in die Kutsche einzusteigen mit einem Überzug von Schnee auf ihm, damit er nicht, wenn er auftaute, seiner Tochter in Kälte hüllen würde. Sie fürchtete sich nicht; sie fürchtete sich vor nichts; aber er fürchtete um sie mehr, als Worte ausdrücken können. Schließlich kam man überein, dass der Vater der jungen Dame und die Postillons auf die Pferde steigen und sich auf den Weg nach Lewes machen sollten, woher eine Art von Sänfte für sie und Pferde für den Rest der Gesellschaft, der zurückblieb, um sie zu beschützen, gesandt werden konnte.

Sie gingen, und jene, die zurückblieben, schauten weiterhin wehmütig auf die Landschaft, sichtbar in ihrem transzendenten Weiß, sogar jetzt, da die Nacht hereingebrochen war. Einige Minuten waren sie still; sie dachten an die Straße, auf der die Reisenden vorankommen mussten; sie sehnten sich nach ihrer Rückkehr - einige Momente schienen wie ein Zeitalter. Die Repetieruhr eines der Gentleman schlug; es erklang dasselbe Geräusch, das sie bei der Abreise seines Freund geschlagen hatte - Viertel nach sechs.

„Die Stunden vergehen nie!" rief das ängstliche Mädchen aus.

„Oh doch, sie werden", sagte der andere, „ich verbrachte einmal eine Nacht, beängstigender, als diese zu sein verspricht, doch sie hatte ein Ende. Es ist seltsam, dass die Szene, auf die ich mich beziehe, jetzt leuchtend anwesend ist, wo sie in Landschaft, in Jahreszeit, in Persönlichkeiten und in Land von dieser so verschieden ist."

Bestrebt, den Verstand der Tochter umzuleiten und den langsamen Schritt der Stunde zu erhellen, fragte der dritte in dieser ängstlichen Gesellschaft seinen jungen Freund, er hieß Harry Valency, welches die Ereignisse waren, die diese lange unvergessene Nacht kennzeichneten und gab ihm zu verstehen, dass er gut daran tun würde, sie zu erzählen, wenn die Aufgabe nicht zu schmerzhaft wäre. Er verstand den Hinweis und begann. Seine Geschichte wurde danach mir wiederholt und, nachdem ich sie hörte, möchte ich sie jetzt wiedergeben. Dennoch, da ich sie nur aus zweiter Hand hörte, werde ich sie lahm erzählen und das lebhafte ernsthafte Interesse verderben, das er über jedes Detail verbreitete; während der, der es mir sagte, aber nur eine vage Erinnerung an Daten und Namen von Orten hatte, und einige Namen von Personen waren ihm sogar ganz entschwunden. Wie auch immer, den Anteil der Geschichte, der mich erreichte, werde ich niederschreiben.

Es war nicht lang nach dem Ausbruch der griechischen Revolution, als Harry Valency Griechenland besuchte. Manch ein Engländer wurde zu dieser Zeit dorthin vom Geist des Abenteuers geführt und manch einer wurde von ihm zerstört. Valency war noch nicht neunzehn; sein Geist war wild und leichtsinnig; Gedanke oder Sorge hatte seine Stirn nie berührt; sein Herz war zu leicht für die Liebe. Unruhig und energisch, sehnte er sich danach, seine Kräfte mit jenem Instinkt zu erproben, der das junge Rotwild dazu führt, mit dem Kopf gegen Bäume zu stoßen oder mit einander in den kleinen bewaldeten Tälern zu ringen. Er war der einzige Sohn einer verwitweten Mutter, deren Leben mit seinem verwoben war, und er liebte sie herzlich; dennoch verließ er sie, geleitet von dem Wunsch nach Abenteuer, außerstande zu verstehen, welche Sorge und Furcht dies für sie bedeutete; und in seiner eigenen Person begierig darauf, sogar Unglück zu begegnen, so dass es in einer Erscheinung, nach männlichen und aktiven Kämpfen rufend, kam. Er sehnte sich danach, in die Seiten seines jungen Lebens Taten einschreiben zu lassen, die später Erinnerungen wären, denen er sich mit Freude zuwenden konnte. Die Sache Griechenlands wärmte seine Seele auf. Er war in einem Zustand von Verzückung, als er die Küsten dieses antiken Landes berührte und sich auf dem Berg und an dem Bergstrom umsah, deren Namen mit den heldenhaftesten Taten verbunden wurden und der erhabensten Dichtung, die Menschen jemals erreicht oder geschrieben hatten. Ja, er war jetzt in Griechenland. Er war im Begriff, für ihre Sache gegen den usurpierenden Türken zu kämpfen. Er hatte sich durch ein unermüdliches Studium der Romaic[29] vorbereitet; er war auf dem Weg zum Sitz der Regierung, um seine Dienste anzubieten. Dorthin zu gelangen von der Stelle aus, an der er von Bord gegangen war, war eine recht schwierige

---

[29] Modernes Griechisch.

Angelegenheit; denn die Truppen des Paschas hatten viele Pässe besetzt. Schließlich hörte er, dass eine Schar von etwa fünfzig griechischen Soldaten, geleitet von einem jungen, aber tapferen und berühmten Anführer, im Begriff war, dieselbe Straße zu nehmen. Er fragte und erhielt die Erlaubnis, sie zu begleiten.

Wie reizend war der Beginn der Reise! Wie schön das Land! Sie kamen an engen und steilen Hügelflanken entlang, wo graue Olivenbäume das Hochland bedeckten oder Weinreben die von späten Sommertönungen roten Ulmen umrankten und die Landschaft bereicherten. Die Berggipfel waren kahl oder mit Kiefern gekrönt, und Sturzbäche liefen an den Seiten hinunter und speisten einen Strom im kleinen bewaldeten Tal. Die Luft war mild, die *cicala*[30] laut und vergnügt - es war ein Glück, zu leben. Valency war auf ein feuriges Pferd gestiegen; er ließ es springen und halbe Wendungen machen. Er warf einen Speer gegen einen Baum und stürzte hinterher, um ihn wiederzuholen. Er schoss auf ein Ziel, als er sich im vollen Galopp befand; jede Meisterleistung war unzulänglich, um seinen unerschöpflichen Geist zu zähmen.

Der Anführer musterte ihn mit Augen, deren tiefer melancholischer Ausdruck seinen Blick verdunkelte. Er war bekannt als Tapferster unter den Tapferen, dennoch sanft und freundlich wie eine Frau. Er war

---

[30] Ital.: Zikade.

sehr jung, außerordentlich gut aussehend; seine Miene war geprägt von Spuren intellektueller Feinheit, während seine Person groß, muskulös und stark war, aber so anmutig geformt, dass jede Haltung einen an eine Gestalt des Praxiteles[31] seines Heimatlandes erinnerte. Einst war er schöner gewesen; Freude, ebenso wie Güte und eines Soldaten Leidenschaft hatten sein dunkles Auge entzündet; seine Lippen waren das Haus des Lächelns gewesen, und die Gedanken, die den Vorsitz in seiner Stirn hatten, waren so frei und sanft und so fröhlich gewesen, wie diese göttliche Stirn selbst. Jetzt hatte sich das geändert. Kummer war eine beherrschende Leidenschaft geworden. Seine Wangen waren eingesunken; sein Auge schien ewig über melancholische Reue nachzugrübeln; seine gemessene harmonische Stimme war nicht auf die Äußerung von leichtem Geschmack oder fröhlichen Einfällen eingestellt; er sprach nur die notwendigsten Worte zu seinen Anhängern, und danach sammelten sich Stille und Dunkel über seinem Gesicht. Seine Trauer wurde respektiert; denn sie war als wohlbegründet bekannt, einer jüngst geschehenen Katastrophe entsprungen. Wenn einige aus seiner Schar wünschten, in Fröhlichkeit zu schwelgen, zogen sie sich aus seiner Umgebung zurück. Es war für sie seltsam, das helle Lachen des englischen Jünglings durch den Hain klingen zu

---

[31] Attischer Bildhauer des. 4. Jh. v.Chr., tätig um 370-320 v.Chr.; Vertreter des spätklassischen Manierismus.

hören und den Tonfall seiner vergnügten Stimme aufzufangen, wenn er einige ihrer eigenen fröhlichsten Lieder sang. Der Anführer blickte mit Interesse auf ihn. Es war eine gewinnende Freimütigkeit in dem Jungen; er war so sehr jung, und alles, was er tat, war in anmutiger Übereinstimmung mit seinem Alter. Wir sind gleichermaßen bloße Jünglinge, dachte der Anführer und doch so verschieden. Dennoch er kann bald wie ich werden. Er steigt wie ein Adler; aber der Adler kann verletzt werden und sich zur Erde neigen; weil die Erde sein Geheimnis und seine Reue birgt.

Plötzlich stieß Valency, der etwa hundert Yards voraus war, auf einen Griechen, der mit hoher Geschwindigkeit in Richtung des herankommenden Trupps ritt.

„Zurück! Zurück! Ruhe!" rief der Mann. Er war ein Scout, der zuvor vorausgeschickt worden war, und jetzt die Kunde brachte, dass eine Truppe von drei- oder vierhundert Mann der türkischen Armee im Begriff war, den Gebirgspass zu betreten, und bald auf die Handvoll Männer vorrücken würde, die Valency begleitete. Der Scout ritt direkt bis zum Anführer und erstattete Bericht, dann fügte er hinzu: „Wir haben noch Zeit. Wenn wir nur ein Viertelmeile zurückreiten, dort gibt es einen Pfad, den ich kenne, auf dem ich euch über den Berg führen kann - auf der anderen Seite werden wir sicher sein."

Ein Lächeln der Verachtung kräuselte für einen Moment die Lippen des Anführers beim Wort

Sicherheit, aber sein Gesicht nahm bald wieder seine übliche traurige Beherrschung an. Die Truppe hatte angehalten; jeder Mann richtete seine Augen auf den Anführer. Besonders Valency zeigte einen Ausdruck der Verachtung und meinte, dass er sich vor der Gefahr nie zurückziehen würde.

„Kameraden!" der Anführer sprach seine Männer auf diese Weise an, „es soll nie gesagt werden, dass Griechen zurückwichen, um Platz für die Zerstörer zu machen; wir bedienen uns unserer alten Kriegkunst. Bevor wir diesen Olivenwald betraten, gingen wir an einer dichten Deckung vorbei, wo der dunkle Vorsprung der Bergflanke einen tiefen Schatten über unseren Pfad warf; und der Sturzbach ertränkte jeden Klang von Stimmen oder Hufen. Dort werden wir einen Hinterhalt legen; dort begegnet der Feind dem Tod."

Er wendete den Kopf seines Pferdes und erreichte nach einigen Minuten die Stelle, die er benannt hatte; die Männer waren hauptsächlich begierig auf das Schlachtgetümmel, während ein oder zwei die Bergflanke und dann den Pfad beäugten, der zum Dorf führte, das sie an diesem Morgen verlassen hatten. Der Anführer sah ihren Blick und er schaute auch zu dem englischen Jüngling, der sich von seinem Pferd geworfen hatte und damit beschäftigt war, seine Waffen zu laden und vorzubereiten. Der Anführer ritt zu ihm.

„Sie sind unser Gast und Mitreisender", sagte er, „aber nicht unser Gefährte im Kampf. Wir sind im Begriff, der Gefahr zu begegnen - es kann sein, dass nicht einer von uns entkommen wird. Sie haben keine Verletzungen zu rächen, keine Freiheit zu gewinnen; Sie haben Freunde, wahrscheinlich eine Mutter in Ihrem Heimatland. Sie dürfen nicht mit uns fallen. Ich habe vor, eine Nachricht zu senden, um das Dorf zu warnen, an dem wir zuletzt vorbeikamen - begleiten Sie meine Boten."

Valency hatte zuerst aufmerksam zugehört; aber, als der Anführer fortfuhr, kehrte seine Aufmerksamkeit zu seiner Aufgabe zurück, seine Pistolen zu laden. Die letzten Worte riefen ein Erröten seiner Wangen hervor.

„Sie behandeln mich wie einen Jungen", rief er. „Ich mag einer sein auf der einen Seite, aber Sie sollen mich im Herzen als einen Mann finden an diesem Tag. Sie sind auch jung, ich habe Ihre Verachtung nicht verdient!"

Der Anführer fing das blitzende Auge des Jünglings auf. Er streckte seine Hand zu ihm aus und sagte: „Verzeihen Sie mir."

„Ich verzeihe Ihnen", sagte Valency, „unter einer Bedingung; geben Sie mir einen Posten von Gefahr - von Ehre. Sie schulden ihn mir in Wiedergutmachung der Beleidigung, die Sie mir zufügten."

„So sei es", sagte den Anführer, „Ihr Platz soll an meiner Seite sein."

Einige Minuten später und seine Anordnungen wurden ausgeführt - zwei der niedergeschlagensten der Truppe wurden entsandt, um das Dorf zu alarmieren, der Rest wurde hinter den Steinen aufgestellt oder unter den Büschen; wo immer der zerbrochene Boden, oder Büschel von Unterholz, oder Fragmente vom Kliff Schutz und Unterschlupf gewährten, wurde ein Mann untergebracht, während der Anführer selbst seine Stellung auf einer erhabenen Plattform bezog und, geschützt von einem Baum, auf die Straße starrte. Bald war das Trampeln von Pferden, das geschäftige Geräusch von Füßen und Stimmen zu hören, das den hastenden Strom übertönte; und man konnte Turban und Muskete unterscheiden, als die Truppen des Feindes den Hohlweg durchzogen.

Der Klang des Kampfes - das Feuern - das Aufeinanderprallen der Waffen war vorüber. Über dem Kamm des Hügels, dessen Flanke als Hinterhalt der Griechen gedient hatte, hing der sichelförmige Mond, gerade dabei, dahinter zu versinken. Die Sterne in seinem Gefolge brannten hell wie Lampen, die im Firmament schwammen, während die Leuchtkäfer zwischen dem Myrtenunterholz und oben an der Bergflanke blinkten. Manchmal wurden von dem Stahl der ringsumher verstreuten Waffen, die den Toten aus den Händen gefallen waren, die Blitze der himmlischen oder irdischen Sterne eingefangen und reflektiert. Der Boden war übersät mit den Erschlagenen. Diejenigen Feinde, die sich durchgeschlagen hatten, waren schon weit - der Klang der Hufe ihrer Pferde hatte sich gelegt. Die

Griechen, die über den Berg geflüchtet waren, hatten einen sicheren Ort erreicht. Keiner lag dort, außer den stillen Toten - kalt wie der Mondstrahl, der für einen Moment auf ihren matten Gesichtern ruhte und dann vorüberging, und sie in Schatten und Tod zurückließ. Alle waren ruhig und unbeweglich; einige lagen auf der Hügelseite, zwischen dem Unterholz, einige auf der offenen Straße; Pferde und Männer durcheinander, wie sie gefallen waren; keiner bewegte sich, keiner atmete.

Doch es gab einen Seufzer - er ging im Murmeln des Stroms unter; ein Stöhnen folgte, und dann eine Stimme, schwach und zerbrochen: „Meine Mutter, meine arme Mutter!" Die matten Lippen, die diese Worte sprachen, konnten keine weiteren formen, einen Schwall von Tränen folgte. Der Schrei schien eine andere Gestalt unter den Toten zu wecken. Einer der ausgestreckten Körper erhob sich langsam und schmerzhaft auf seinen Arm, die Augen waren dünn, die Miene weiß vom sich nähernden Tod, die Stimme war hohl, dennoch fest, die sagte: „Wer spricht? - Wer lebt? - Wer weint?"

Die Frage beschämte den verletzten Mann; er unterdrückte seinen Übermaß an leidenschaftlichem Schluchzen. Der andere sprach wieder: „Es war nicht die Stimme eines Griechen, doch ich dachte, dass ich diesen prächtigen Jungen gerettet hätte; die für ihn bestimmte Kugel ist jetzt in meiner Seite. Sprechen Sie wieder, junger Engländer – nach wem rufen Sie?"

„Nach ihr, die meinen Tod bitterlich beweinen wird; nach meiner Mutter", antwortete Valency, und Tränen folgten dem geliebten Namen.

„Seid Ihr zu Tode verwundet?" fragte der Anführer.

„Ohne fremde Hilfe muss ich sterben", antwortete er, „das Blut quillt in Sturzbächen aus einem tiefen Säbelhieb - dennoch, könnte ich jenes Wasser erreichen, könnte ich leben; ich muss es versuchen."

Und Valency erhob sich; er taumelte einige Schritte, und fiel schwer zu den Füßen des Anführers. Er war in Ohnmacht gefallen. Der Grieche schaute auf die grauenvolle Blässe seines Gesichts; er erhob sich halb; seine eigene Wunde blutete nicht, aber sie war tödlich, und eine tödliche Krankheit hatte sich um sein Herz herum ausgebreitet und kühlte seine Stirn, welche er zu beherrschen sich bemühte, damit er den englischen Jungen retten konnte. Der Kampf trieb kalte Tropfen auf seine Stirn, als er sich auf seine Knie erhob und sich bückte, um den Kopf von Valency anzuheben; er schauderte, als er die warme Feuchtigkeit fühlte, auf die seine Hand stieß. Es ist sein Blut; sein Lebensblut, dachte er; und wieder legte er seinen Kopf auf die Erde und verharrte einen Moment still, um, was an Vitalität ihm geblieben war, zu sammeln und seine Glieder zu beleben. Dann, mit einer entschlossenen Bewegung, erhob er sich und schwankte zum Ufer des Stroms. Er hielt einen Stahlkappe in seiner Hand und nun beugte er sich hinunter, ihn zu füllen; aber bei dieser Bemühung glitt der Boden unter ihm weg, und er fiel. Es gab ein Klingen in seinen Ohren - kalter Tau auf seiner Stirn - sein Atem ging schwer - der Verschluss war aus seiner Hand gefallen - er starb. Der Ast eines Baumes, abgeschossen im Handgemenge des Morgens, lag nahe. Der Verstand, sogar eines sterbenden Mannes, kann schnelle untrügliche Gedankenkombinationen herstellen; es war seine letzte Chance. Der Ast stürzte ins Wasser und verstreute dankbare, wiederbelebende Tropfen über sein Gesicht; Kraft kehrte mit der Tat zurück, und er konnte sich bücken und den Verschluss füllen und einen tiefen Zug trinken, welcher für ein Moment seine Lebenskräfte wiederherstellte. Und jetzt trug er Wasser zu Valency; er tauchte den entfalteten Turban eines Türken in den Strom und verband die Wunde des Jünglings, ein tiefen Säbelhieb in der Schulter, die reichlich geblutet hatte. Valency lebte wieder auf. Leben versammelte sich warm in seinem Herzen; seine Wangen, obwohl noch matt, verloren die aschfahle Farbe des Todes; seine Glieder schienen wieder bereit, seinen Willen zu befolgen. Er saß auf, aber er war zu schwach, und sein Kopf hing herab. Wie eine Mutter, die sich um ihren kranken Erstgeborenen kümmert, schwebte der griechische Anführer über ihm; er brachte einen Mantel, um seinen Kopf zu betten; als er diesen aufhob, stellte er fest, dass ein sorgfältiger Soldat eine kleine Tasche an seinem Sattelbogen angebracht hatte, in der ein Laib Brot und ein oder zwei Bündel Weintrauben waren; er gab sie dem Jüngling, der sie aß. Valency erkannte seinen

Erretter jetzt; zuerst wunderte er sich, ihn dort zu sehen, sich um ihn kümmernd, anscheinend unverletzt; aber der Anführer sank zu Boden, und Valency konnte die Strenge der Gesichtszüge und Grausamkeit des Anblicks erkennen, die auf den Tod hindeuteten. Wiederum hätte er seinem Freund geholfen; aber der Anführer stoppte ihn.

„Sie sterben, wenn Sie sich bewegen", sagte er, „Ihre Wunde wird von neuem bluten, und Sie sterben, während Sie mir nicht helfen können. Meine Schwäche ergibt sich nicht aus bloßem Verlust an Blut. Der Bote des Todes hat einen lebenswichtigen Teil erreicht; noch eine kleine Weile und die Seele folgt dem Aufruf. Es geht langsam, langsam ist die Erlösung; doch die lang schleichende Stunde kommt endlich, und ich werde frei sein."

„Sprechen Sie nicht auf diese Art", rief Valency, „ich bin stark jetzt - ich werde Hilfe holen."

„Es gibt keine Hilfe für mich", antwortete der Anführer, „bewahren Sie den Tod, den ich wünsche. Ich befehle Ihnen, bewegen Sie sich nicht."

Valency hatte sich erhoben, aber die Bemühung war vergeblich: seine Knie knickten unter ihm ein, sein Kopf drehte sich; bevor er sich schonen konnte, war er auf den Boden gesunken.

„Warum foltern Sie sich selbst", sagte der Anführer, „einige Stunden, und Hilfe kommt. Es wird Ihnen nicht schaden, die Wartezeit unter diesem ruhigen Himmel zu verbringen. Die

Feiglinge, die flüchteten, werden das Land alarmieren, bei Morgendämmerung wird Beistand hier sein. Sie müssen auf ihn warten. Ich muss auch warten; nicht auf Hilfe, aber auf den Tod. Es ist beruhigend, sogar für mich, hier unter diesem Himmel zu sterben, mit dem Murmeln von jenem Strom in meinem Ohr, die Schatten meiner heimatlichen Berge über mich geworfen. Könnte irgendetwas mich retten, wären es die milden Lüfte dieser höchst gesegneten Nacht; meine Seele fühlt das Glück, obwohl mein Körper krank ist und schnell erstarrt im Tod. Solch war nicht die Stunde, als sie starb, die, die ich bald treffen werde, meine Euphrasia, meine süße Schwester im Himmel!"

Es war seltsam, sagte Valency, dass er in solch einer Stunde, eben gerade halb vom Tod gerettet, und sein Retter in den Fängen des verbissenen Zerstörers, Neugier fühlte, die Geschichte des griechischen Anführers zu erfahren. Seine Jugend, die unvergleichliche Schönheit seiner Person, seine Tapferkeit - die Tat, an die sich Valency gut erinnerte, davon, dass er vorwärts sprang, um ihn mit seiner eigenen Person abzuschirmen - seine letzten Worte und Gedanken der sanften Erinnerung einer teuren Schwester gewidmet; in ihm erwachte ein Interesse jenseits sogar der gegenwärtige Stunde, die mit den Chancen von Leben und Tod erfüllt war. Er befragte den Anführer; wahrscheinlich hatte das Fieber Erfolg in seinem vorherigen Zustand der Schwäche gehabt, teilte ihm eine falsche Stärke mit und machten ihn daher geneigt, zu reden. In diesem

Sterben, ohne fremde Hilfe und unbeschirmt, außer vom Sternenhimmel, kehrte er bereitwillig zu den Jahren seiner Jugend und zu dem erbärmlichen Ereignis zurück, das einige Monate zuvor die Sonne seines Lebens verfinstert und den Tod willkommen gemacht hatten.

Sie - Bruder und Schwester, Konstantin und Euphrasia - war die letzten ihres Geschlechts. Sie waren Waisen; ihre Jugend verbrachten sie unter dem Schutz des Bruders ihres Vaters, der sie adoptiert hatte, den sie Vater nannten und der sie wie seine eigene Seele liebte. Er war ein ruhmvoller alter Mann, in der klassischen Überlieferung bewandert und mehr vertraut mit den Taten von Männern, die seinem Land mehrere Tausend Jahre zuvor Ehre gemacht hatten, als mit mehr moderneren Namen. Dennoch waren alle, die jemals etwas getan und erlitten hatten für Griechenland, in seinem Gedächtnis eingeprägt und geehrt als Märtyrer aus den besten Gründen. Er war in Paris erzogen worden und in Europa und Amerika gereist, und wusste von dem in der Wissenschaft der Politik gemachten Fortschritt überall in der zivilisierten Welt. Er meinte, dass Griechenland den Nutzen bald teilen würde, der sich aus diesen Änderungen ergab, und er sah keines fernen Tages seine Befreiung von der Sklaverei voraus. Er erzog sein junges Mündel für diesen Tag. Hätte er geglaubt, dass Griechenland weiter hoffnungslos versklavt bleiben würde, hätte er ihn als Gelehrten und Einsiedler aufgezogen: aber überzeugt von dem bevorstehenden Kampf, machte er ihn zu einem Krieger; er pflanzte Abscheu vor dem Unterdrücker in ihm ein; eine sehnsüchtige Liebe zu den heiligen Segnungen der Freiheit, den noblen Wunsch, seinen Namen unter den Rettern seines Land einschreiben zu lassen. Die Bildung, die er Euphrasia erwies, war noch einzigartiger. Er wusste, dass, obwohl Freiheit durch das Schwert erkauft und behauptet werden muss, seine liebsten Segnungen doch von Zivilisation und Wissen abgeleitet werden müssen, und er glaubte, dass Frauen deren besseren Förderer waren. Sie konnten weder ein Schwert handhaben noch körperliche Arbeit für ihr Land leisten, aber sie konnten die Manieren kultivieren, die Seelen preisen - ihren Verwandten und ihren Kindern Ehre, Wahrheit und Weisheit mitteilen. Aus Euphrasia machte er deshalb eine Gelehrte. Von Natur aus war sie eine Enthusiastin und Dichterin. Die Studien über die klassische Literatur ihres Landes verbesserten ihren Geschmack und erhöhten ihre Liebe zum Schönen. Während sie ein Kind war, improvisierte sie leidenschaftliche Lieder über die Freiheit; und, wie sie an Jahren und Schönheit wuchs und ihr Herz der Zartheit öffnete, und sie von all der Ehre und dem Glück erfuhr, die eine Frau davon ableiten muss, der Freund des Mannes zu sein, nicht sein Sklave, dankte sie Gott, dass sie Griechin und Christin war; festhaltend an den Vorteilen, die diese Namen verliehen, freute sie sich eifrig auf den Tag, wenn der Mohammedanismus ihr Heimatland nicht mehr beschmutzen würde, und, wenn ihre

Landsmänninnen aus der Unkenntnis und der Faulheit erweckt werden würden, in welche sie gestürzt wurden, und lernten, das ihre eigentliche Berufung war, zu erschaffen, Mütter von Helden und Lehrer von Weisen zu sein.

Ihr Bruder war ihr Idol - ihre Hoffnung - ihre Freude. Und er, dem beigebracht worden war, dass seine Karriere eine von Taten, nicht von Worten sein würde, wurde dennoch durch ihre Dichtung und Eloquenz angefeuert, den Ruhm noch eifriger zu wünschen und sich noch vollständiger und mit reinerer Inbrunst der Hoffnung auf den Tag zu widmen, an dem er für sein Land leben und sterben würde. Die erste Trauer, die die Waisen erlebten, war der Tod ihres Adoptivvaters. Er stieg hinab zum Grab, erfüllt an Jahren und Ehren. Konstantin war damals achtzehn; seine liebliche Schwester hatte gerade ihr fünfzehntes Jahr begonnen. Oft verbrachten sie die Nacht neben dem verehrten Grab ihres verlorenen Freundes, von den Hoffnungen und Zielen redend, die er eingepflanzt hatte. Die Jugend kann solch erhabene, solch schöne Träume formen. Keine Enttäuschung, kein Übel, keine schlechte Leidenschaft beschattet ihre glorreichen Visionen; sich zu trauen und außerordentliches zu tun für Griechenland war Konstantins Ehrgeiz. Euphrasias Aufgabe war es, ihren Bruder aufzumuntern und auf ihn aufzupassen, um seine wildere und natürlichere Seele zu zügeln, und um das Ziel, dem er durch die Tat zustrebte, in himmlische Farben auszumalen.

„Es gibt einen Himmel", sagte der sterbende Mann, als er seine Geschichte erzählte, „es gibt ein Paradies für jene, die für die gerechte Sache sterben. Ich weiß nicht, welche Freuden dort vorbereitet sind, für die Gesegneten; aber sie können nicht jene übersteigen, die meine waren, als ich meiner süßen Schwester zuhörte, und meine Herz anschwellen fühlte vor Patriotismus und herzlicher warmer Zuneigung."

Schließlich ging ein Aufruhr durch das Land, und Konstantin machte eine weite Reise, um mit den *Capitani*[32] von den Bergen zu konferieren und sich auf den Ausbruch der Revolution vorzubereiten. Der Moment kam sogar eher, als er erwartete. Wie ein angeketteter Adler, wenn die Eisenglieder von ihm fallen und er mit schlagenden Schwingen und intelligentem, ungeblendetem Auge zum Himmel aufsteigt, so fühlte sich Konstantin, als *Freiheit für Griechenland* der Schlachtruf wurde. Er war immer noch in den Bergen, als zuerst die Echos seiner heimischen Täler dies belebende – dies heilige Wort wiederholten; statt zu seinem athenischen Haus zurückzukehren, wie er es beabsichtigt hatte, eilte er ins westliche Griechenland und wurde in eine Serie von kriegerischen Auseinandersetzungen verwickelt, deren vielversprechender Erfolg ihn mit Entzücken erfüllte.

---

[32] Ital.: Kapitänen.

Plötzlich kam eine Pause ins Delirium der Freude, das seine Seele erfüllte. Er erhielt nicht die gewohnten Briefe von seiner Schwester - Schreiben, die ihm Engelsboten gewesen waren, die ihn Geduld mit dem Unwürdigen, Hoffnung in der Enttäuschung, Sicherheit im letzten Triumph lehrten. Jene süßen Briefe hörten auf; und er dachte, dass er in den Mienen seiner Freunde um ihn herum eine verborgene Kenntnis des Übels sah. Er befragte sie; ihre Antworten waren ausweichend. Zur selben Zeit bemühten sie sich darum, seinen Verstand mit den Details von irgendeinem zu erwarteten Abenteuer zu füllen, bei der seine Gegenwart und Kooperation notwendig waren. Tag um Tag verging; er konnte seinen Posten nicht ohne Verrat an seiner Sache, ohne sich mit Schande zu bedecken, verlassen. Er gehörte zu einer Schar von Albanern, von denen er als Bruder empfangen worden war, und er konnte sie in der Stunde der Gefahr nicht verlassen. Aber die Spannung wurde zu schrecklich; und, als er schließlich feststellte, dass es einen Zeitraum von einigen Tagen gab, die er sein Eigen nennen konnte, verließ er das Lager und ruhte weder Tag noch Nacht aus. Er stieg nur von dem einen Pferd ab, um ein anderes zu reiten. In achtundvierzig Stunden war er in Athen, vor seinem leeren, entweihten Zuhause. Die schreckliche Geschichte war bald erzählt. Athen war immer noch in den Händen der Türken; die Schwester eines Rebellen war die Beute der Unterdrücker geworden. Sie hatte keinen, um sie zu beschützen. Ihre unvergleichliche Schönheit war vom Sohn des

Paschas gesehen und beachtet worden; sie hatte die letzten zwei Monate seinen Harem bewohnt.

„Verzweiflung ist ein kaltes, dunkles Gefühl", sagte der sterbende Krieger. „Wenn ich das Verzweiflung nennen kann, was eine Hoffnung hatte; eine Gewissheit; ein Ziel. Wäre Euphrasia gestorben, hätte ich geweint. Jetzt waren meine Augen aus Horn - mein Herz aus Stein. Ich war ruhig. Ich drückte weder Groll noch Rache aus. Ich verbarg mich bei Tag; nachts lief ich um den Wohnsitz des Tyrannen herum. Es war ein Vergnügungspalast, einer der luxuriösesten, mit dem die Feinde unser teures Athen schmückten. Zu dieser Zeit war er sorgfältig geschützt; mein Charakter und Euphrasias Wert waren bekannt, und der Unterdrücker fürchtete das Ergebnis seiner Tat. Still, im Schatten der Dunkelheit, kam ich näher heran. Ich merkte mir die Position der Frauengemächer; ich lernte ihre Anzahl; die Dauer der Wache; die Bestellungen, die sie empfingen; und dann kehrte ich ins Lager zurück. Ich enthüllte meinen Plan einigen ausgewählten Geistern. Sie wurden von meinem Unrecht befeuert und begierig darauf, meine Euphrasia zu befreien."

Konstantin brach ab - ein krampfhafter Schmerz schüttelte seinen Körper. Nachdem er vorbeigegangen war, lag er für einige Minuten unbeweglich; dann begann er wieder zu reden, in Fieber und Delirium, aufgeregt durch die Ausübung des Sprechens, gesteigert durch die Qualen der Erinnerung, die ihn endlich vollständig besaß.

„Was ist das", schrie er. „Feuer! Ja, der Palast brennt. Hören Sie nicht auch das Brüllen der Flammen, und Donnern - die Artillerie des Himmels richtet sich ein gegen das Unheilige. Ha! Ein Schuss - er fällt - sie sind zurückgewichen - schleudern die Fackeln jetzt - das Holz knistert - dort, dort sind die Zimmer der Frauen. Ha! Arme Opfer, ach! Sie schaudern und fliehen! Befürchtet nichts; gebt mir nur meine Euphrasia! Meine Euphrasia! Keine Verkleidung kann dich verstecken, angezogen wie eine mit Blumen gekrönte türkische Braut, dein schönes Gesicht, dem Sitz von unsäglichem Jammer; still, meine süße Schwester, sogar in diesem Rauch und Tumult dieses Hauses bist du der Engel meines Lebens. Spring in meine Arme, armer ängstlicher Vogel, häng dich an mich - sie ist es - ihre Stimme - ihre lieblichen Arme sind um meinen Hals herum - welche Ruine - welche Flammen - was für erdrosselnder Rauch - welch treibender Sturm, kann ich ihm standhalten. Ruhig! Der brennende Durchbruch ist passiert - dort sind Stufen – sachte - Liebes, ich bin entschlossen – fürchte dich nicht! Welches Auge starrt uns an? – Fürchte dich nicht, Euphrasia, er ist tot – die erbärmlichen Lakaien des Tyrannen fielen unter unserem Ansturm. Ha! Ein Schuss - freundliche *Panagia*,[33] ist dies Euer Schutz!"

---

[33] Griech.: „Allheilige", „Ganzheilige", Beiname der Jungfrau Maria; auch: auf der Brust getragenes Marien-Medallion.

Auf diese Art fuhr er fort zu phantasieren. Der Ansturm; das Brennen des Palasts; die Erlösung seiner Schwester, alles schien wieder leuchtend vorbeizugehen, als ob es gerade eben geschah. Seine Augen starrten; er warf seine Arme hoch; er schrie, als ob er seine Anhänger um sich herum rief, und dann in Tönen tief empfundener Zartheit sprach er die liebliche Bürde an, die er sich einbildete, zu tragen, bis, mit einem Schrei, er wieder weinte, „Ein Schuss!" und auf den Boden sank, als ob seine Herzstränge geborsten wären.

Ein Zwischenspiel der Ruhe folgte; er war erschöpft; seine Stimme war gebrochen.

„Was habe ich Ihnen erzählt", setzte er schwach fort. „Ich habe gesagt, wie eine bloße Handvoll von Männern den Palast angriff und die Wachen zurückschlug; wie wir vergeblich bestrebt waren, uns Zugang zu verschaffen. Frische Truppen waren auf dem Weg; es gab keine Alternative; wir schossen auf den Palast. Tief in der Abgeschiedenheit des Harems hatten sich die Frauen zurückgezogen, eine Herde ängstlichen Rotwilds. Nur eine allein stand aufrecht. Ihre Augen richteten sich auf die Eindringlinge - ein Dolch in ihrer Hand, majestätisch und furchtlos. Ihr Gesicht war von Spuren des vergangenen Leidens gezeichnet, aber in diesem Moment war die strenge Entschlossenheit, die ihre weichen Gesichtszüge ausdrückten, mehr als menschlich. In dem Moment, als sie mich sah, änderte sich alles; der Engel allein strahlte in ihrer Miene. Ihr Dolch fiel aus ihrer Hand

- sie war in meinen Armen - ich trug sie vom brennenden Dach - den Rest wissen Sie; habe ich es nicht gesagt? Ein Bösewicht, der das Schlachten überlebte und doch wie tot auf der Erde lag, gab einen tödlichen Schuss ab. Sie schrie nicht. Sie hing zuerst fester an meinem Hals, und dann fühlte ich ihre Gestalt schaudern in meinen Armen und ihren Griff nachlassen. Ich hoffte, dass Furcht allein sie bewegte; aber sie kannte keine Furcht - es war der Tod. Pferde waren vorbereitet worden und warteten; einige Stunden mehr und ich hoffte, auf unserem Weg nach Westen in den Teil Griechenlands zu sein, der frei war. Aber ich fühlte, wie ihr Kopf auf meine Schulter fiel. Ich hörte ihr Flüstern: ‚Ich sterbe, mein Bruder! Trage mich zum Grab unseres Vaters.'

Meine Seele sehnte sich danach, ihrer Bitte zu entsprechen; aber es war unmöglich. Die Stadt war alarmiert; Truppen versammelten sich aus allen Vierteln. Unsere Sicherheit lag in der Flucht, denn ich dachte noch, dass ihre Wunde nicht tödlich war. Ich trug sie zu der Stelle, wo wir unsere Pferde gelassen hatten. Hier schlossen sich mir rasch zwei oder drei meiner Gefährten an. Sie hatten die Frauen des Harems aus den Flammen gerettet, aber verschiedene Geräusche, die das Vordringen des türkischen Militärs anzeigten, bewirkten, dass sie vom Schauplatz eilten. Ich sprang auf mein Pferd und setzte meine süße Schwester vor mich und wir flohen in stürmischer Hast durch verlassene Straßen. Ich wusste genau, welche zu wählen waren, und entlang der Gassen der Vororte kamen wir auf das offene Land, wo ich von der Hauptstraße abwich, während meine Begleiter auf meine Anordnung auf ihr entlang in aller Eile weiterritten. Allein mit meiner geliebten Bürde, suchte ich eine einsame ungestörte Stelle zwischen den benachbarten Hügeln. Der Sturm, der für eine Zeit aufgehört hatte, brach jetzt von neuem los; der ohrenbetäubende Donner ertränkte jedes andere Geräusch, während der häufige Glanz des Blitzes uns unseren Pfad zeigte; mein Pferd zitterte nicht vor ihm. Euphrasia lag immer noch hängend an mir; keine Beschwerde entfuhr ihr; sie stieß ab und zu einige Worte der Zuneigung, der Ermutigung, des frommen Verzichts hervor. Ich wusste nicht, dass sie starb. Endlich betrat ich ein zurückgezogenes Tal, wo ein Olivenhain Schutz bot, und noch besser der Portikus eines verfallenen alten Tempels. Ich stieg ab und trug sie zu den Marmorstufen, auf die ich sie setzte. Dann wirklich fühlte ich, wie nahe die Geliebte dem Tode war, vor dem ich sie nicht retten konnte. Der Blitz zeigte mir ihr Gesicht; blass wie der Marmor, auf dem ich sie bettete. Ihr Kleid wurde durch warmes Blut befeuchtet, das bald die Steine befleckte, auf denen sie lag. Ich nahm ihre Hand, sie war von tödlicher Kälte. Ich hob sie vom Marmor auf; ich bettete ihre Wange auf meinem Herzen. Ich unterdrückte meine Verzweiflung, doch war meine Verzweiflung in dieser Stunde eher sanft und weich wie sie selbst. Es gab keine Hilfe - keine Hoffnung. Das Lebensblut quoll schnell aus ihrer Seite hervor; kaum konnte sie ihre schweren Augenlider anheben,

94

um auf mich zu schauen; ihre Stimme konnte meinen Namen nicht mehr artikulieren. Die Bürde ihrer lieblichen Glieder wurde schwerer und kühler; bald war es nur ein Leichnam, den ich hielt. Als ich wusste, dass ihre Leiden vorbei waren, hob ich sie noch einmal in meinen Armen auf, und ich setzte sie noch einmal vor mich auf mein Pferd und begab mich allein auf meine Reise, obwohl ich immer noch ihre Gestalt in meinen Armen trug. Der Sturm war jetzt vorüber und der Mond glänzte am Himmel. Die Erde glitzerte unter den Strahlen, und eine sanfte Brise fegte hindurch, als ob der Himmel selbst klar und friedlich wurde, um ihre unbefleckte Seele zu empfangen und sie ihrem Schöpfer darzubieten. Bei Morgengrauen hielt ich an einem Klostertor und läutete. Den heiligen Schwestern darinnen übergab ich mein liebliche Euphrasia. Ich küsste noch einmal ihre süße Stirn, die von Frieden im Tod sprach; und dann sah ich, dass sie auf eine Bahre gelegt wurde, und war fort, zurück in mein Lager, um zu leben und zu sterben für Griechenland."

Er wurde stiller, als er schwächer wurde. Hin und wieder sprach er einige Worte, um eine andere von Euphrasias Vollkommenheiten aufzuzeichnen oder einige ihrer sterbenden Worte zu wiederholen; er sprach von ihrer Großherzigkeit, ihrem Genius, seiner Liebe und seinem eigenen Wunsch zu sterben.

„Ich hätte leben können", sagte er, „bis ihr Abbild in meinen Verstand allmählich verblasst oder mit weniger heiligen Erinnerungen vermischt worden wäre. Ich sterbe jung, auf immer ihr eigen. Jene, die den Göttern gefallen, sterben alle jung."

Seine Stimme wurde nach diesen Worten schwächer; er klagte über Kälte.

Valency fuhr fort: „Ich schaffte es, mich zu erheben und umherzukriechen und ein oder zwei Langmäntel und einen Pelzrock von den Erschlagenen zu sammeln, mit einem davon bedeckte ich ihn; und dann zog ich einen anderen über mich, denn die Luft wurde kühl, da Mitternacht vorüber war und die Stunde des Morgens näher kam. Die Wärme, welche die Umhüllungen vermittelte, beruhigte den Schmerz meiner Wunde, und, seltsam zu sagen, ich fühlte, wie Schlummer mich überkam. Ich versuchte, zu beobachten und zu wachen. Zuerst vermischten sich die Sterne oben und die dunklen Formen der Berge mit meinen träumerischen Gefühlen; aber ich verlor bald allen Sinn dafür, wo ich war und dessen, was ich erlitten hatte, und schlief friedlich und lang.

Als die Strahlen der Morgensonne, während sie die Hügelseite hinunter schlichen, endlich auf mein Gesicht fielen, weckten sie mich. Zunächst hatte ich alle Gedanken an die Ereignisse der vergangenen Nacht vergessen und mein erster Impuls war, aufzuspringen und laut zu schreien, wo bin ich? Aber die Steifheit meiner Glieder und ihre Schwäche offenbarten bald die Wahrheit. Gern begrüßte ich jetzt den Klang von Stimmen und hörte die Annäherung einer Anzahl von Bauern entlang der Schlucht. Bisher, seltsam zu sagen, hatte ich nur an mich gedacht; aber mit der Vorstellung von Beistand kam die Erinnerung an meinen Begleiter und die Geschichte der vorigen Nacht. Ich schaute ungeduldig dorthin, wo er lag; seine Haltung offenbarte seinen Zustand; er war still, und steif, und tot. Doch seine Miene war ruhig und schön. Er war in der süßen Hoffnung gestorben, seine Schwester zu treffen, und ihr Abbild hatte über die letzten Momente seines Lebens Frieden gelegt.

Ich schämte mich, zu mir selbst zurückzukehren. Der Tod von Konstantin ist das wahre Ende meiner Geschichte. Meine Wunde war schwerwiegend. Ich war gezwungen, Griechenland zu verlassen, und blieb für einige Monate zwischen Leben und dem Tod auf Kephalonia,[34] bis mich meine gute Verfassung rettete, so dass ich sofort nach England zurückkehrte."

---

[34] Ionische Insel.

Der Böse Blick

Der wilde Albaner geschnürt bis zu
seinem Knie,

Mit tuchgegürtetem Kopf und
geschmückter Waffe,

Und goldengewirkten Gewändern, schön
anzusehen;

Der purpurrot gefügte Mann von
Makedon.

Lord Byron.[35]

Der Moreote[36] Katusthius Ziani reiste müde und in Furcht vor den räuberischen Einwohnern durch das Pashalik von Ioannia;[37] doch er hatte keinen Grund

---

[35] George Gordon Noël, Lord Byron (1788-1824), Ritter Harold's Pilgerfahrt (1812-1819), II. lviii

[36] Einwohner der Morea (mittelalterlicher Name für den Peloponnes, nach einem griechischen Wort für Maulbeerbaum).

[37] halbautonomes Herrschaftsgebiet des Paschas von Ioannia (auch: Janina, 1768-1822); umfasste Albanien, Epirus, Thessalien und das südliche Makedonien.

zur Furcht. Kam er, müde und hungrig, in einem einsamen Dorf an; fand er sich in der unbewohnten Wildnis plötzlich von einer Schar von Klephten[38] umgeben; oder wenn er in den größeren Städten zurückwich, da er sich als einziger seiner Rasse unter den wilden Bergbewohnern und despotischen Türken fand; sobald er sich als Pobratimo[39] von Dmitri, dem *Bösen Blick*, zu erkennen gab, wurde jede Hand aufgehalten, hieß ihn jede Stimme Willkommen.

Der Albaner Dmitri stammte aus dem Dorf Korvo. Zwischen den wilden Bergen im Bezirk zwischen Ioannia und Tepellenè fließt der tiefe breite Strom des *Argyro-Castro*;[40] geschützt nach Westen von schroffen waldbedeckten Abgründen, beschattet nach Osten von erhabenen Bergen. Der Höchste unter diesen ist der Berg Trebucci; und in einer romantischen Vertiefung dieses Hügels, deutlich sichtbar mit seinen Minaretten, gekrönt von einer Kuppel, aus einer Gruppe von pyramidenförmigen Zypressen hervorragend, liegt das malerische Dorf

---

[38] Griech. (auch Kleft): Räuber im ländlichen Griechenland der Osmanenzeit, später Freischärler im griechischen Befreiungskrieg.

[39] In Griechenland, besonders in Illyrien and Epirus, ist es keine ungewöhnliche Sache für Personen gleichen Geschlechts, Freundschaft zu schwören; die Kirche hält ein Ritual bereit, um dieses Gelübde zu weihen. Zwei Männer, die so verbunden sind, werden Pobratimi genannt, die Frauen Posestrime.

[40] Eigentlich der griechische Name für die Bezirkshauptstadt Gjinokaster an der Dhrino in Südalbanien.

Korvo. Schafe und Ziegen bilden den sichtbaren Schatz seiner Einwohner; ihre Gewehre und Yatagans,[41] ihre kriegerischen Gewohnheiten und damit der noble Beruf des Raubens, sind Quellen noch größeren Reichtums. Bei dieser für unerschrockenen Mut und blutrünstige Unternehmen berühmten Rasse war Dmitri von hohem Rang.

Es wurde gesagt, dass dieser Klepht in seiner Jugend mit einer sanfteren Veranlagung und einem verfeinerteren Geschmack ausgezeichnet war, als bei seinen Landsleuten üblich ist. Er war ein Wanderer gewesen und hatte europäische Künste erlernt, auf die er nicht wenig stolz war. Er konnte Griechisch lesen und schreiben, und oft war neben seinen Pistolen ein Buch in seinem Gürtel verstaut. Er hatte mehrere Jahre auf Chios[42] verbracht, die die am zivilisiertesten der griechischen Inseln war, und hatte ein Mädchen von Chios geheiratet. Die Albaner sind als Verächter von Frauen berüchtigt; aber Dmitri, als er der Mann von Helena wurde, trat unter einer ritterlichere Regel ein und wurde der Proselyt[43] eines besseren Glaubensbekenntnisses. Oft kehrte er zu seinen heimischen Hügeln zurück

---

[41] Osmanische Säbel mit s-förmig geschwungener Schneide.

[42] Chios, griechische Insel vor Kleinasien, berüchtigt durch das türkische Massaker von 1822.

[43] Griech.: „der Hinzugekommene"; Person, die zu einem andern Glauben übergetreten ist.

und kämpfte unter dem Banner des berühmten Ali[44] und kam dann auf seine Insel heim. Die Liebe des gebändigten Barbaren war konzentriert, brannte und war etwas darüber hinaus - es war ein Teil seines lebenden, schlagenden Herzens - der stattlichere Teil von ihm - die göttlichere Form, in die seine raue Natur umgearbeitet geworden war.

Bei der Rückkehr von einer seiner albanischen Expeditionen fand er sein Haus von Manioten[45] verwüstet. Helena - sie zeigten auf ihr Grab, doch sie trauten sich nicht, ihm zu sagen, wie sie starb. Sein einziges Kind, seine reizende Säuglingstochter wurde gestohlen; seine Schatzkammer der Liebe und des Glücks wurde geplündert; ihr Gold überstrahlender Reichtum wandelte sich zu leerer Verwüstung. Dmitri verbrachte drei Jahre in dem Bestreben, sich seinen verlorenen Nachwuchs zurückzuholen. Er war tausend Gefahren ausgesetzt - erlebte unglaubliche Nöte. Er forderte das wilde Tier in seinem Unterschlupf, den Manioten in seinem Hafen der Zuflucht heraus; er griff an und wurde von ihnen angegriffen. Er trug das Abzeichen seiner Kühnheit in einer tiefen klaffenden Wunde über seiner Augenbraue und Wange. Bei dieser Gelegenheit wäre er gestorben, aber jener

---

[44] Ali Pascha, Statthalter der osmanischen Provinz Ioannia (1790-1822).

[45] Manioten (Mainotes), Einwohner der Region Mani (Maina), mittlere Landzunge des Süd-Peleponnes, die behaupten von den Spartanern abzustammen. Waren als Piraten berüchtigt.

Katusthius sah ein Handgemenge an der Küste, bei dem ein Mann für tot zurückgelassen wurde. Er ging von Bord einer moreotischen *Sacoleva*,[46] trug den Verletzten fort, kümmerte sich um ihn und heilte ihn. Sie tauschten Gelübde der Freundschaft aus und für einige Zeit teilte der Albaner die Mühen seines Bruders; aber diese waren zu friedfertig, um nach seinem Geschmack zu sein, und er kehrte nach Korvo zurück.

Wer konnte in dem verstümmelten Wilden den Edelsten unter den Arnauten[47] erkennen? Seine Gewohnheiten hielten Schritt mit der Änderung seiner Physiognomie. Er wurde wild und hartherzig. Er lächelte nur, wenn er mit gefährlichen Unternehmungen beschäftigt war. Er war in diesem schlechtesten Zustand des Gefühls eines Schlägers angekommen, das freudige Nehmen von Blut. Er wurde in dieser Beschäftigung alt; sein Verstand wurde leichtsinnig, seine Miene dunkler. Männer zitterten vor seinem Blick, Frauen und Kinder riefen in Schrecken aus: „Der Böse Blick!" Die Meinung wurde vorherrschend - er teilte sie selbst - er sonnte sich in dem gefürchteten Privileg; und wenn seine Opfer zitterten und dahinschwanden unter dem tödlichen Einfluss, traf das niederträchtigen Lachen,

---

[46] Segelschiffstyp im Mittelmeer.

[47] Arnauten (Arnaouts, Arnaoots), Name für die Albaner bei den anderen Balkanvölkern nach neugr. Arwanites; sie selbst nennen sich Skipetaren oder Bergbewohner.

mit welchem er diese Demonstration seiner Kraft bejubelte, das geschwächte Herz der wie hypnotisierten Person mit größter Bestürzung. Aber Dmitri konnte durch seinen Blick den Pfeilen befehlen; und seine Gefährten respektierten ihn umso mehr wegen seines übernatürlichen Attributs, da sie nicht fürchteten, dass es auf sie selbst ausgeübt würde.

Dmitri war gerade von einer Expedition jenseits von Prewesa[48] zurückgekehrt. Er und seine Gefährten waren mit Beute beladen. Sie töteten eine Ziege und brieten sie ganz für ihr Mahl; sie tranken mehrere Weinschläuche leer. Dann gaben sie sich um das Feuer auf dem Platz herum den Freuden des Kopftuchtanzes hin. Sie brüllten im Chor, wenn sie sich ihre Knie fallen ließen und dann wieder aufsprangen, und wirbelten herum und herum mit einer Geschäftigkeit, die ihnen allen eigen war. Das Herz von Dmitri war schwer; er weigerte sich, zu tanzen, und saß abseits. Er schloss sich erst einem Lied mit seiner Stimme und seiner Laute an, als eines zu hören war, das ihn an bessere Tage erinnerte; seine Stimme legte sich - das Instrument fiel aus seinen Händen, und sein Kopf sank auf seine Brust.

Beim Klang von Schritten eines Fremden fuhr er hoch; in der Gestalt vor ihm erkannte er untrüglich einen Freund - er war nicht im Irrtum. Mit einem

---

[48] Stadt am Ausgang des Golfs von Arta.

freudigen Ausruf begrüßte er Katusthius Ziani, ergriff seine Hand und küsste ihn auf seine Wange. Der Reisende war müde, so dass sie sich in Dmitris Haus zurückzogen, ein sauber verputztes, weißgetünchtes Häuschen, dessen irdener Boden völlig trocken und sauber war, und dessen Wände voll mit Waffen hingen, einige prächtig geschmückt, und andere Trophäen seiner klephtischen Triumphe. Ein Feuer wurde von seiner alten Aufwartfrau entzündet; die Freunde ruhten auf Matten aus Schilf, während sie das Pilaf[49] vorbereitete und Fleisch vom Zieglein sott. Sie stellte ein helles Zinntablett auf einen Holzblock vor ihnen und häufte darauf Maisstücke, Ziegenmilchkäse, Eier und Oliven. Ein Krug Wasser aus ihrer reinsten Quelle und Wein aus Schläuchen diente dazu, den durstigen Reisenden zu erfrischen und aufzuheitern.

Nach dem Abendessen sprach der Gast über den Zweck seines Besuchs. „Ich komme zu meinem Pobratimo", sagte er, „um Anspruch auf Erfüllung seines Gelübdes zu erheben. Als ich dich vor den wilden *Kakovougnier* von Boulari rettete, hast du mir deine Dankbarkeit zu und dein Vertrauen zugesichert; streitest du die Schuld ab?"

Dmitris Stirn wurde dunkel. „Mein Bruder", rief er, „man muss mich nicht daran erinnern, was ich

---

[49] Pilaf (Pilau, Pilaw; pers.-türk.), orientalisches Eintopfgericht aus Reis, Hammelfleisch und Gewürzen.

schulde. Befiehl meinem Leben - worin kann der Berg-Klepht dem Sohn des reichen Ziani helfen?"

„Der Sohn des Ziani ist ein Bettler", entgegnete Katusthius, „und muss umkommen, wenn ihm sein Bruder die Hilfe versagt."

Der Moreote erzählte dann seine Geschichte. Er war als der einzige Sohn eines reichen Kaufmanns von Korinth aufgewachsen. Er war oft als *caravokeiri*[50] der Schiffe seines Vaters nach Stamboul[51] und sogar nach Kalabrien gesegelt. Einige Jahre zuvor war er von einem Berber-Piraten geentert und mitgenommen worden. Sein Leben war seitdem ein abenteuerlustiges gewesen, sagte er; in Wahrheit war es ein schuldiges gewesen. Er war ein Abtrünniger geworden - und gewann die Achtung seiner neuen Verbündeten nicht durch seinen überlegenen Mut, denn er war feige, sondern durch die Betrügereien, die die Männer reich machten. Inmitten dieser Karriere hatte ihn ein Aberglaube beeinflusst, und er war zu seiner alten Religion zurückgekehrt. Er entkam aus Afrika, wanderte durch Syrien, durchquerte Europa, fand eine Beschäftigung in Konstantinopel; und so vergingen die Jahre. Endlich, da er im Begriff war, eine

---

[50] Herr eines Handelsschiffes.

[51] Kurzname für Istanbul; im engeren Sinne Bezeichnung für die türkische Altstadt.

phanariotische[52] Schönheit zu heiraten, fiel er wieder in Armut, und er kehrte nach Korinth zurück, um zu sehen, ob das Vermögen seines Vaters während seiner langen Fahrten gediehen war. Er stellte fest, dass, während dieses sich zu einem Wunder verbessert hatte, es für ihn für immer verloren ging. Sein Vater erkannte während seiner sich lang hinziehenden Abwesenheit einen anderen als seinen Sohn an; und als er ein Jahr zuvor gestorben war, hatte er alles ihm hinterlassen. Katusthius fand diesen unbekannten Verwandten mit seiner Ehefrau und seinem Kind in Besitz seiner erwarteten Erbschaft. Es ist wahr, Cyril teilte mit ihm das Vermögen ihrer Eltern; aber Katusthius griff nach allem und beschloss, es zu erhalten. Er grübelte über tausend Pläne von Mord und Rache nach; doch das Blut eines Bruders war ihm heilig; und Cyril, beliebt und angesehen in Korinth, konnte nur mit beträchtlichem Risiko angegriffen werden. Dann war sein Kind ein frisches Hindernis. So war der beste Plan, der sich anbot, der, sich hastig nach Butrinto einzuschiffen und herzukommen, um Anspruch auf den Rat und die Hilfe des Arnauten zu erheben, dessen Leben er gerettet hatte, dessen Pobratimo er war. Er erzählte seine Geschichte nicht so knapp, sondern schmückte sie so aus, dass Dmitri den Ansporn der Gerechtigkeit erhielt, der ihm

---

[52] Phanarioten (Fanarioten), die Bewohner meist griechischer Herkunft des Stadtteils Phanar (Leuchtturm, ngr. fanari, türk. fener) in Konstantinopel/ Istanbul aus der ehemaligen byzantinischen Oberschicht (bis 1923).

überhaupt kein Bedürfnis gewesen wäre, wäre er überzeugt gewesen, dass Cyril ein niederträchtiger Eindringling war und dass das ganze Geschäft eines von Hochstapelei und Niedertracht war.

Die ganze Nacht erörterten diese Männer eine Vielzahl von Plänen, deren Ziel war, das der Reichtum des verstorbenen Zianis ungeteilt in die Hände seines älteren Sohns übergehen sollte. In der Morgendämmerung reiste Katusthius ab, und zwei Tagen danach verließ Dmitri sein Berghaus. Seine erste Sorge war gewesen, ein Pferd zu kaufen, das er schon lang begehrt hatte, nach Berichten über seine Schönheit und Schnelligkeit; er besorgte Patronen und füllte sein Pulverhorn auf. Seine Ausrüstung war reich, seine Kleidung bunt; seine Waffen glitzerten in der Sonne. Sein langes Haar fiel glatt unter dem um seine Kappe herum geschlungenen Kopftuch hervor bis zu seiner Taille; ein zotteliger weißer Langmantel hing von seiner Schulter. Sein Gesicht, ausgesetzt den Jahreszeiten, war faltig und runzelig; seine Stirn gefurcht von Sorgen; sein Schnauzbart lang und kohlrabenschwarz. Sein zernarbtes Gesicht; seine wilden, brutalen Augen; seine ganze Erscheinung, es fehlte ihr nicht an grausamer Anmut, war aber vor allem von Wildheit und Banditenstolz geprägt. Es erweckte, und wir brauchen uns nicht zu wundern, in den abergläubischen Griechen den Glauben, dass ein übernatürlicher Geist des Bösen in seinem Antlitz wohnte, zersprengend und zerstörend. Nun bereit für seine Reise, verließ er Korvo und durchquerte die Wälder von Akarnanien auf seinem Weg zur Morea.

„Warum zittert Zella, und presst ihren Jungen an ihren Busen, als ob sie etwas Böses fürchte?" Auf diese Art fragte Cyril Ziani, der von der Stadt Korinth zu seinem ländlichen Wohnsitz zurückkehrte. Es war ein Haus der Schönheit. Die mit Olivenbäumen bedeckten, abrupt abbrechenden Hügel oder die helleren Plantagen mit Orangenbäumen überblickten die blauen Wellen des Golfs von Aegina. Myrtenunterholz verbreitete süßen Geruch rundherum und tauchte seine dunklen glänzenden Blätter ins Meer selbst ein. Das niedrigdachige Haus wurde von zwei enorm großen Feigenbäumen beschirmt, während sich Weinberge und Maisfelder entlang des sanften Hochlands nach Norden erstreckten. Als Zella ihren Mann sah, lächelte sie, obwohl ihre Wangen immer noch matt waren und ihre Lippen zitterten.

„Jetzt bist du nah, um uns zu beschützen", sagte sie. „Ich weise die Furcht zurück; aber Gefahr droht unserem Constans, und ich schaudere, wenn ich mich daran erinnere, dass ein *Böser Blick* auf ihm gewesen ist."

Cyril fing sein Kind auf.

„Bei meinem Haupte!" rief er, „Du redest von einem schlechten Ding. Die Franken nennen dies Aberglauben; aber hüten wir uns davor. Seine Wange ist immer noch rosig; seine Locken fließen golden - Sprich, Constans, bejubele deinen Vater, mein tapferer Freund!"

Es war aber eine kurzlebige Furcht; kein Übel folgte, und sie vergaßen bald den Vorfall, der grundlos ihre Herzen erbeben ließ. Eine Woche danach kehrte Cyril, wie er es gewohnt war, zu seinem Schlupfwinkel an der Küste zurück, nachdem er eine Fracht von Korinthen ausgeliefert hatte. Es war ein schöner Sommerabend; das quietschende Wasserrad, das für die Bewässerung des Landes sorgte, stand mit dem letzten Lied der lauten *cicala* in Einklang; die sich kräuselnden Wellen erschöpften sich fast leise unter den Kieseln. Dies war sein Haus; aber wo war seine schöne Blume? Zella kam nicht heraus, um ihn zu begrüßen. Ein Bediensteter wies auf eine Kapelle auf einem Nachbarhang und dort fand er sie; sein Kind (fast drei Jahre alt) war in den Armen seiner Amme; seine Frau betete inbrünstig, während die Tränen ihre Wangen hinunter strömten. Cyril fragte besorgt nach der Bedeutung dieser Szene; aber die Amme schluchzte nur, Zella fuhr fort, zu beten und zu weinen, und der Junge begann aus Mitgefühl zu weinen. Das war zu viel für einen Mann, um es zu ertragen. Cyril verließ die Kapelle und lehnte sich gegen einen Walnussbaum. Sein erster Ausruf war typisch griechisch:

„Willkommen sei dieses Unglück, so denn es einzeln kommt!"

Aber was war das Übel, das aufgetreten war? Unsichtbar war es noch; aber der Geist des Übels ist am tödlichsten, wenn er unbemerkt ist. Er war glücklich - eine schöne Ehefrau, ein strahlendes Kind, ein friedliches Haus, Fähigkeiten und die Aussicht auf Reichtum; diese Segnungen waren sein. Doch wie oft gebraucht Fortuna solches als ihren Köder? Er war ein Sklave in einem versklavten Land, ein dem hohen Schicksal unterworfener Sterblicher, und zehntausendfach waren die vergifteten Pfeile, die nach seinem ergebenen Kopf geworfen werden konnten. Nun scheu und zitternd, kam Zella aus der Kapelle. Ihre Erklärung beruhigte seine Ängste nicht. Wieder war der *Böse Blick* auf seinem Kind gewesen, und tiefe Bösartigkeit lauerte bestimmt unter dieser zweiten Heimsuchung. Derselbe Mann, ein Arnaut mit glitzernden Waffen, bunter Kleidung, auf einem schwarzen Ross sitzend, kam vom benachbarten Stechpalmenhain und ritt stürmisch bis zur Tür. Direkt an der Schwelle überprüfte und zügelte er plötzlich sein Pferd. Das Kind lief zu ihm. Der Arnaut richtete seine finsteren Augen auf ihn.

„Von schöner Art bist du, kluges Kind", rief er. „Deine blauen Augen strahlen, deine goldene Locken sind schön anzusehen; aber du bist eine Vision, flüchtig wie schön - sieh mich an!"

Der Unschuldige sah auf, stieß einen Schrei aus und fiel keuchend auf dem Boden. Die Frauen eilten vorwärts, ihn zu ergreifen. Der Albaner gab seinem Pferd die Sporen und, schnell über die kleinen Ebene die bewaldete Hügelseite hinauf galoppierend, war er bald außer Sicht. Zella und die

Amme trugen das Kind in die Kapelle. Sie besprengten es mit heiligem Wasser und, als es wieder aufblühte, flehten sie die *Panagia* mit ernsthaften Gebeten an, es vor dem drohenden Übel zu retten.

Mehrere Wochen vergingen; der kleine Constans wuchs an Klugheit und Schönheit; kein Brand hatte die Blume der Liebe besucht, und seine Eltern legten ihre Furcht ab. Manchmal schwelgte Cyril in einem Witz auf Kosten des *Bösen Blicks*; aber Zella dachte, es bringe Unglück darüber zu lachen, und bekreuzigte sich jedes Mal, wenn auf das Ereignis angespielt wurde. Zu dieser Zeit besuchte Katusthius ihren Wohnsitz. Er sagte, er sei auf seinem Weg nach Stamboul, und er wolle wissen, ob er seinem Bruder in einigen seiner Geschäfte in der Hauptstadt dienen könne. Cyril und Zella empfingen ihn mit herzlicher Zuneigung. Sie freuten sich zu sehen, dass brüderliche Liebe begann, sein Herz zu erwärmen. Er schien voll von Ehrgeiz und Hoffnung. Die Brüder erörterten seine Aussichten, die Politik von Europa und die Intrigen der Phanarioten. Sogar die unbedeutenden Angelegenheiten Korinths wurden zu Themen des Gespräches gemacht; und die Wahrscheinlichkeit, dass Cyril in kurzer Zeit, so jung er auch war, zum *Codja-Baschi* der Provinz ernannt werden würde. Am Tag danach plante Katusthius abzureisen.

„Ein Gefallen erbittet der freiwillige Verbannte; werden mein Bruder und meine Schwester mich einige Stunden begleiten auf meinem Weg nach Napoli,[53] wo ich an Bord gehe?"

Zella war unwillig, ihr Heim auch nur für kurze Zeit zu verlassen; aber sie ließ sich überzeugen, und sie fuhren mehrere Meilen in Richtung der Hauptstadt der Morea. Um die Mittagsstunde nahmen sie ein Mahl im Schatten eines Eichenhains und trennten sich dann. Nach Hause zurückkehrend, beglückwünschte sich das verbundene Paar zu ihrem ruhigen Leben und friedlichem Glück, im Gegensatz zu den einsamen und heimatlosen Freuden des Wanderers. Diese Gefühle nahmen in Intensität zu, als sie ihrem Wohnsitz näher rückten und das gelispelte Willkommen ihres angebeteten Kindes erwarteten. Von einer Anhöhe schauten sie auf das fruchtbare Tal, in dem ihr Haus lag: es lag auf der Südseite des Isthmus und schaute auf den Golf von Aegina. Alles war grün, ruhig und schön. Sie stiegen in die Ebene ab; dort erregte eine eigenartige Erscheinung ihre Aufmerksamkeit. Ein Pflug mit seinem Joch von Ochsen war auf halbem Weg in der Furche verlassen worden; die Tiere hatten ihn an die Seite des Felds geschleift und sich darum bemüht zu ruhen, so gut es ihre Verbindung ihnen erlaubte. Die Sonne berührte schon ihren westlichen Horizont, und die Gipfel der Bäume wurden von ihren Abschiedsstrahlen vergoldet. Alles waren still; sogar das ewige Wasserrad war ruhig; keine Dienstboten

---

[53] Napoli di Romania, heute Nafplio, Kreisstadt der Argolis (1829-1834 Hauptstadt Griechenlands).

erschienen zu ihren üblichen ländlichen Arbeiten. Aus dem Haus war deutlich eine Stimme des Wehgeschreis zu vernehmen.

„Mein Kind!" rief Zella aus. Cyril begann, sie zu beruhigen; aber eine andere Klage erhob sich, und er ritt weiter. Sie stieg ab und wäre ihm gefolgt, sank aber am Straßenrand zu Boden. Ihr Mann kam zurück.

„Mut, meine Geliebte", rief er. „Ich ruhe weder Nacht noch Tag, bis Constans uns wiedergegeben ist - vertraue mir – lebe wohl!"

Mit diesen Worten ritt er schnell davon. Ihre schlimmsten Ängste waren auf diese Art erklärt; ihr mütterliches Herz, zuletzt so freudig, wurde der Wohnsitz der Verzweiflung, während die Erzählung der Amme vom traurigen Vorkommnis dazu führte, noch größere Furcht zur Furcht hinzuzufügen. Auf diese Art war es geschehen: Derselbe Fremde mit dem *Bösen Blick* war erschienen; nicht wie zuvor auf sie mit Adlergeschwindigkeit zuhaltend, sondern als ob er von einer langen Reise kommen würde, sein Pferd lahmend und mit hängendem Kopf. Der Arnaut selbst war mit Staub bedeckt, anscheinend kaum in der Lage, seinen Sitz zu behalten.

„Beim Leben deines Kindes", sagte er, „gib eine Tasse Wasser einem, der vor Durst in Ohnmacht fällt."

Die Amme mit Constans in ihren Armen nahm eine Schüssel der gewünschten Flüssigkeit und gab sie ihm. Bevor die ausgetrockneten Lippen des

114

Fremden das Nass berührten, fiel das Gefäß aus seinen Händen. Die Frau fuhr zurück, während er in demselben Moment vorwärts schnellte, mit starkem Arm das Kind aus ihrer Umarmung riss. Schon waren beide fort - mit pfeilschneller Geschwindigkeit überquerten sie die Ebene, während ihre Schreie und Rufe nach Hilfe alle Hausangestellten zusammenriefen. Sie verfolgten die Spur des Schänders, und noch keiner war zurückgekehrt. Jetzt, als die Nacht bedrohlich nahe kam, kamen sie einer nach dem anderen zurück. Sie hatten nichts zu berichten; sie hatten die Wälder abgesucht, die Hügel überquert - sie konnten nicht einmal den Weg entdecken, den der Albaner genommen hatte.

Am folgenden Tag kehrte Cyril zurück, matt, ausgezehrt, unglücklich; er hatte keine Kunde von seinem Sohn erhalten. Am Tag danach reiste er wieder ab auf seiner Suche und kam für mehrere Tage nicht zurück. Zella verbrachte ihre Zeit ermüdet - bald in hoffnungsloser Verzweiflung sitzend, bald den nahen Hügel besteigend, um zu sehen, ob sie das Nahen ihres Mannes wahrnehmen konnte. Sie durfte nicht lange in dieser Ruhe bleiben; die zitternden Bediensteten, als Wachen zurückgelassen, warnten sie, dass die umherstreifenden wilden Gestalten von einzelnen Arnauten gesehen worden waren. Sie sah selbst eine große Gestalt, gekleidet in einem zotteligen weißen Langmantel, die sich beim Vorgebirge herumstahl und als sie sie bemerkte, zurückschreckte. Eines

Nachts weckte das Prusten und Trampeln eines Pferdes sie nicht aus dem Schlummer, aber aus ihrem Gefühl für Sicherheit. Unglücklich, wie die ihres Glücks beraubte Mutter war, war sie persönlich fast sorglos wegen der Gefahr; aber sie war nicht sie selbst, sie gehörte einem, den sie über alles liebte; und die Pflicht, so gut wie die Zuneigung zu ihm, bestimmte ihre Selbsterhaltung. Er, Cyril, kehrte wieder zurück. Er war düsterer, trauriger als zuvor; aber es gab auch mehr Entschlossenheit hinter seiner Stirn, mehr Energie in seinen Bewegungen; er hatte einen Anhaltspunkt erhalten, doch der könnte ihn nur noch mehr in die Tiefen der Verzweiflung führen.

Er hatte entdeckt, dass Katusthius sich nicht in Napoli eingeschifft hatte. Er war mit einer Schar von Arnauten zusammengetroffen, die bei Vasiliki[54] lauerte, und war mit dem Protoklepht[55] nach Patras weitergezogen; von dort fuhren sie zusammen in einem *monoxylon*[56] zur nördlichen Küste des Golfs von Lepanto. Auch waren sie nicht allein; sie trugen ein Kind mit sich, gehüllt in einen schweren trägen Schlaf. Dem armen Cyril rann das Blut in den Adern, wenn er an die Zaubersprüche und die Hexenkünste dachte, die wahrscheinlich an seinem Jungen praktiziert worden waren. Er wäre den

---

[54] Dorf auf der Südseite der ionischen Insel Lefkas.

[55] Etwa: „Räuberhauptmann".

[56] Griech.: Einbaum.

Räubern dicht gefolgt, aber nach dem Bericht, der ihn erreichte, war der Rest der Albaner nach Süden in Richtung Korinth weitergezogen. Er konnte keine zeitraubende Suche in der weglosen Wildnis von Epirus beginnen und Zella den Angriffen dieser Banditen ausgesetzt lassen. Er kehrte zurück, um mit sich mit ihr zu beraten und einen Schlachtplan zu entwerfen, welcher alsbald ihre Sicherheit garantierte und seinen Bestrebungen Erfolg versprach.

Nach einigem Zaudern und einiger Diskussion entschieden sie, dass er sie zuerst zu ihrem elterlichen Haus führen sollte. Er sollte ihren Vater bezüglich seines gegenwärtigen Unternehmens zu Rate ziehen und sich von seiner kriegerischen Erfahrung leiten lassen, bevor er zum eigentlichen Brennpunkt der Gefahr drängte. Die Gefangennahme seines Kindes könnte nur ein Köder sein, und es wäre nicht gut von ihm, einziger Beschützer dieses Kindes und seiner Mutter, sich unüberlegt in diese Mühen zu stürzen.

Zella, deren blauen Augen und glänzender Teint über ihre Geburt hinwegtäuschten, war, seltsam zu sagen, die Tochter eines Manioten. Doch, gefürchtet und verabscheut vom Rest der Welt, wie es die Einwohner des Kaps Tainaron[57] sind, sind sie wegen ihrer häuslichen Tugenden und der Stärke ihrer privaten Befestigungen gefeiert. Zella liebte ihren

---

[57] Auch Kap Matapan, Südspitze der Halbinsel Mani.

Vater und die Erinnerung an ihr raues felsiges Haus, von dem sie in einer widrigen Stunde gerissen worden war. Nahe Nachbarn der Manioten, die in dem gröberen und wüsteren Teil der Mani wohnten, sind die *Kakovougnier*, eine dunkle misstrauische Rasse von untersetzter und verkümmerter Form, die im starken Gegensatz zu der ruhigen Haltung der Manioten stand. Die beiden Stämme sind in immer währenden Streit verwickelt. Der enge meerumgürtete Wohnsitz, den sie sich teilen, gewährte einst einen sicheren Zufluchtsort vor dem ausländischen Feind und all den Einrichtungen des inneren Bergkriegs. Cyril war einmal, während einer Küstenreise, von schwerem Wetter in die kleine Bucht getrieben worden, an dessen Ufern die kleine Stadt Kardamyla[58] liegt. Die Mannschaft fürchtete zuerst, von den Seeräubern gefangengenommen zu werden; aber sie beruhigte sich, als sie sie vollständig von ihren häuslichen Meinungsverschiedenheiten eingenommen fanden. Ein Schar von *Kakovougnier* belagerte den schlossartigen Felsen, der Kardamyla überblickte, und blockierten die Festung, in der der maniotische *Capitano* und seine Familie Zuflucht genommen hatten. Zwei Tage vergingen auf diese Art, während wütende gegensätzliche Winde Cyril in der Bucht festhielten. Am dritten Abend klang der westliche Sturm ab, und eine Landbrise versprach, sie aus ihrer gefährlichen Situation zu befreien. Als sie in

---

[58] Stadt auf Chios.

der Nacht im Begriff waren, in einem Boot vom Ufer abzulegen, wurden sie von einer Gruppe von Manioten angehalten, und einer von ihnen, ein alter Mann von beherrschender Gestalt, forderte Verhandlungen. Es war der *Capitano* von Kardamyla, der Herr der Festung, die jetzt von seinen unerbittlichen Feinden angegriffen wurde. Er sah keinen Fluchtweg - er musste fallen - und sein Hauptwunsch war, seinen Schatz und seine Familie vor den Händen seiner Feinden zu retten. Die Letztere bestanden aus seiner alten Mutter, der *paramana*[59] und einem jungen und schönen Mädchen, seine Tochter. Cyril willigte ein, sie an Bord zu nehmen und brachte sie nach Napoli in Sicherheit. Wenig später kehrten die Mutter des *Capitanos* und die *paramana* in ihre Heimatstadt zurück, während die schöne Zella mit der Zustimmung ihres Vaters die Frau ihres Retters wurde. Das Vermögen des Manioten war seitdem gewachsen, und er war, als Anführer eines großen Stammes, dem *Capitano* von Kardamyla im Rang gleich.

Dorthin nun begaben sich die glücklosen Eltern; sie gingen an Bord einer kleinen *Sacoleva*, welcher am Golf von Aegina vorbeifuhr, die Inseln Skyllo und Cerigo[60] und den äußersten Punkt von Taenarus überstanden. Begünstigt von starken Stürmen,

---

[59] Griech.: Stiefmutter.

[60] Italienische Namen für die ionischen Inseln Zakynthos und Kythera.

erreichten sie den gewünschten Hafen und kamen bei der gastfreundlichen Villa des alten Camaraz an. Er hörte ihre Geschichte mit Entrüstung; schwor bei seinem Bart, seinen Dolch ins warme Blut von Katusthius einzutauchen, und bestand darauf, seinen Schwiegersohn auf seiner Expedition nach Albanien zu begleiten. Keine Zeit war zu verlieren – der grauköpfige Seemann, noch voller Energie, traf eilig alle Vorbereitungen. Cyril und Zella trennten sich; tausend Ängste, tausend Stunden des Elends erhoben zwischen dem Paar, das zuletzt das vollkommene Glück geteilt hatte. Das tosende Meer und die entfernten Länder waren die kleinsten der Hindernisse, die sie trennten. Sie wollten nicht das Schlechteste fürchten; doch Hoffnung, eine kränkliche Pflanze, kehrte erst allmählich in ihre Herzen ein, als sie nach einer letzten Umarmung auseinander gerissen wurden.

Zella war vom fruchtbaren Bezirk von Korinth zu ihren öden heimischen Felsen zurückgekehrt. Sie fühlte alle Freude erlöschen, als sie von der rauen Küste aus dem schwindenden Segel der *Sacoleva* nachsah. Tage und Wochen vergingen, und sie verharrte still in einsamer und trauriger Erwartung. Sie schloss sich weder den Tanzvergnügungen an, noch war sie bei den Versammlungen ihrer Landfrauen, die zur Abendflut zusammentrafen, sangen, Geschichten erzählten, und sich die Zeit mit Tanz und Heiterkeit vertrieben. Sie zog sich in den einsamsten Teil im Hause ihres Vaters zurück und starrte unaufhörlich vom Fenstergitter auf das Meer hinunter oder lief am felsigen Strand herum. Und wenn Sturm den Himmel verdunkelte, und jedes steile Vorgebirge purpurn wuchs unter den Schatten der breitgeflügelten Wolken, wenn das Brüllen der Wogen an der Küste zu hören war und die weißen Kämme der Wellen, weit zu sehen auf der Ozeanfläche, sich wie zwischen weitausgedehnten Hügellandschaften verstreute Herden von neu geschorenen Schafen zeigten, fühlte sie keinen Sturm noch raue Kälte, noch kehrte sie nach Hause zurück, bis sie von ihren Dienern zurückgerufen wurde. Ihnen gehorchend suchte sie den Schutz ihres Wohnsitzes auf, nicht um lange zu bleiben; denn die wilden Winde sprachen mit ihr, und der heftige Ozean machte ihrer Ruhe Vorwürfe. Außerstande, den Impuls zu kontrollieren, eilte sie von ihrer Wohnstatt auf das Kliff, nicht daran denkend, bis sie die Küste erreichte, dass sie ihre Babusches[61] auf halbem Weg auf dem Bergpfad zurückgelassen hatte und daran, dass ihr vergessener Schleier und ihr ungeordnetes Kleid unpassend für solch eine Szene waren. Oft rasten die ungezählten Stunden vorbei, während dies verwaiste Kind des Glücks an einen kalten dunklen Felsen lehnte; die niedrigen Felsspitzen hingen über ihr, die Wogen brachen zu ihren Füßen, ihre holden Glieder wurden von Sprühnebel benetzt, ihre Locken vom Sturm zerzaust. Hoffnungslos weinte sie, bis ein Segel am Horizont erschien; dann trocknete sie ihre schnell

---

[61] Pers.: hinten offene, vorne spitz zulaufende Pantoffel.

fließenden Tränen, während sie ihre großen Augen auf den sich nähernden Rumpf oder das schwindende Marssegel richtete. Inzwischen warf der Sturm die Wolken in tausend riesenhafte Formen auf, und das tumultartige Meer wuchs schwärzer und wilder an; sein natürliches Dunkel wurde von abergläubischem Entsetzen erhöht. Die Moirae,[62] die alten Parzen ihrer heimischen griechischen Erde, heulten in den Brisen. Erscheinungen, die von ihrem Kind erzählten, das unter dem Einfluss des *Bösen Blicks* wie festgenagelt war und von ihrem Mann als Beute irgendeiner thrakischen Hexerei, wie sie noch in der gefürchteten Nachbarschaft von Larissa[63] ausgeübt wird, suchten ihren zerbrochenen Schlummer heim und pirschten sich wie schreckliche Schatten durch ihre wachen Gedanken. Ihre Blüte war fort, ihre Augen verloren ihren Glanz, ihre Glieder ihre runde volle Schönheit; ihre Stärke täuschte sie, als sie zu der gewohnten Stelle taumelte, um das Meer zu beobachten - vergeblich, doch sie kam immer wieder.

Was ist furchtbarer, als wenn die Erwartung böser Kunde sich verzögert? Manchmal, inmitten von Tränen, oder schlechter, inmitten des konvulsiven Keuchens der Verzweiflung, werfen wir uns vor, das ewige Schicksal durch unsere düsteren Erwartungen

---

[62] Griechische Schicksalsgöttinnen.

[63] Stadt in Thessalien.

zu beeinflussen. Dann, wenn sich ein Lächeln um die zitternden Lippen des Trauernden rankt, wird es von einem Pochen der Qual festgefroren. Ach! Sind dies die dunklen Locken der Jugend, grau gefärbt? Die vollen Wangen der Schönheit, vertieft durch traurige Linien, durch die Geister solcher Stunden? Kummer ist ein um so willkommener Besucher, wenn er in seiner dunkelsten Gestalt kommt und uns in immerwährendes Schwarz einhüllt, damit dann das Herz nicht länger krank ist durch enttäuschte Hoffnung.

Cyril und der alte Camaraz hatten große Schwierigkeiten gehabt, die vielen Kaps der Morea zu umsegeln, als sie eine Küstenfahrt unternahmen, von Kardamyla zum Golf von Arta, zum Norden von Kephalonia und nach St. Mauro. Während ihrer Reise hatten sie Zeit, ihre Pläne zu machen. Da es zu viel Aufmerksamkeit erregen könnte, dass eine große Zahl von Moreoten zusammen reiste, beschlossen sie, ihre Gefährten an verschiedenen Punkten an Land zu setzen und getrennt ins Innere von Albanien zu reisen. Ioannia war ihr erster Treffpunkt. Cyril und sein Schwiegervater gingen in einer der abgeschiedensten der vielen kleinen Buchten von Bord, die die gewundene und steile Küste des Golfs gestalteten. Mit sechs anderen, die aus der Mannschaft ausgewählt wurden und die auf anderen Wegen reisen sollten, würden sie in der Kapitale zusammentreffen. Sie fürchteten nicht um sich; allein, aber gut bewaffnet und sicher im Mut der Verzweiflung, drangen sie in die Feste von

Epirus ein. Kein Erfolg jubelte ihnen; sie kamen in Ioannia an, ohne die leiseste Entdeckung gemacht zu haben. Dort trafen sie mit ihren Gefährten zusammen, welche sie anwiesen, noch drei Tage in der Stadt zu bleiben, um dann getrennt von ihnen nach Tepellenè zu gehen, wohin sie sofort ihre Schritte lenkten. Im ersten Dorf auf ihrem Weg dorthin, im „mönchischen Zitsa",[64] erhielten sie eine Information, die sie zwar nicht ans Ziel führte, aber ihre Bestrebungen ermutigte. Sie suchten Erfrischung und Gastfreundschaft im Kloster, das auf einer mit einem Eichenhain gekrönten grünen Anhöhe unmittelbar hinter dem Dorf gelegen war. Vielleicht gibt es in der Welt keinen schöneren oder romantischeren Ort, geschützt durch Gruppen von Bäumen, mit einer Aussicht auf eine ausgebreitete Landschaft von Hügeln und Tälern, bereichert von Weinbergen, gesprenkelt mit vielen Herden; während der Kalamas in der Tiefe des Tals der Landschaft Leben gibt und die weiten blauen Berge von Zoumerka, Zagori, Souli und Akrokerauni die verschiedenen Aussichten im Osten, Westen, Norden und Süden umgeben. Cyril beneidete die Kalamaner halb um ihre träge Ruhe. Sie empfingen die Reisenden gern und waren, obwohl einfach, herzlich in ihren Sitten. Als sie vom Ziel ihrer Reise erfuhren, sympathisierten sie wärmstens mit der Sorge des Vaters und erzählten eifrig alles, was sie wussten. Zwei Wochen zuvor kamen ein Arnaut,

---

[64] Ritter Harold's Pilgerfahrt, II. xlviii.

ihnen gut bekannt als Dmitri der *Böse Blick*, ein berühmter Klepht aus Korvo, und ein Moreote an. Sie hatten ein Kind bei sich, ein dreister, lebendiger, hübscher Junge, der, mit einer Festigkeit jenseits seiner Jahre, den Schutz der Kalamaner forderte, und seine Begleiter beschuldigte, ihn mit Gewalt seinen Eltern entrissen zu haben.

„Bei meinem Haupte!" rief der Albaner, „ein tapferer Pallikar.[65] Er hält seinen Wort, Bruder; er schwor bei der *Panagia*, trotz unserer Drohungen, ihn einen Abgrund hinunter zu werfen, als Futter für die Geier, uns bei den ersten guten Menschen anzuklagen, die er sieht. Er vergeht weder unter dem Bösen Blick noch zittert er unter unserer Bedrohung."

Katusthius runzelte die Stirn bei diesem Lob, und während ihres Aufenthalts im Kloster wurde es offensichtlich, dass der Albaner und der Moreote wegen der Beseitigung des Kindes stritten. Der raue Bergmann warf all seine Strenge ab, wenn er auf den Jungen blickte. Wenn der kleine Constans schlief, hing er über ihm und fächelte mit der Sorgfalt einer Frau Fliegen und Mücken weg. Wenn er sprach, antwortete er mit Ausdrücken der Zuneigung, gewann ihn mit Geschenken, lehrte ihn, wieder Kind werdend, Nachahmungen von kriegerischen Übungen. Als der Junge niederkniete und zur *Panagia* flehte, ihn wieder zu seinen Eltern

---

[65] Neugriech.: junger Krieger.

zu bringen, und dabei seine kindliche Stimme zitterte und Tränen seine Wangen hinunterliefen, liefen die Augen von Dmitri über; er warf seinen Mantel über sein Gesicht; sein Herz flüsterte ihm zu:

„Auf diese Art betete vielleicht mein Kind. Der Himmel war taub. Ach! Wo ist sie jetzt?"

Ermutigt von solchen Zeichen des Mitleids, welche Kinder schnell imstande sind zu verstehen, schlang Constans seine Arme um seinen Hals, sagte ihm, dass er ihn liebte, und das er für ihn kämpfen würde, wenn er ein Mann wäre, wenn er ihn nach Korinth zurückbringen würde. Bei solchen Worten hastete Dmitri hinaus, suchte Katusthius, machen ihm Vorhaltungen, bis ihn der unnachgiebige Mann dadurch aufhielt, dass er ihn an sein Gelübde erinnert. Still schwor er, dass kein Haar vom Kopf des Kindes verletzt werden sollte; während der Onkel, nicht von Gewissensbissen geplagt, über seine Vernichtung nachdachte. Die Streitereien, die sich daraus ergaben, waren häufig und heftig, bis Katusthius, des Widerstands überdrüssig, zur List Zuflucht nahm, um seine Absichten zu erreichen. Eines Nachts verließ er im Geheimen das Kloster, das Kind mit sich tragend. Als Dmitri von seinem Entweichen hörte, war es eine furchtbare Sache für die guten Kalamaner, ihn nur zu sehen; sie hielten instinktiv jedes Stück Eisen fest, auf das sie ihre Hände legen konnten, um so den Bösen Blick abzuwenden, der auf sie mit angeborener und ungezähmter Heftigkeit starrte. In ihrer Panik war eine große Menge von ihnen zu der eisenbeschlagenen Tür gehastet, die aus ihrer Wohnstätte hinausführte. Mit der Stärke eines Löwen riss Dmitri sie weg, warf das Tor auf, und mit der Schnelligkeit eines im Frühjahr vom Auftauen des Schnees gespeisten Baches stürzte er den steilen Hügel hinunter. Der Flug eines Adlers konnte nicht rascher sein; der Lauf eines wilden Tieres nicht entschlossener.

Das war der Cyril gewährte Hinweis. Es war zu lang her, ihm in einer sofortigen Suche zu folgen; er wanderte mit dem alten Camaraz durch das Tal des Argyro-Castro und bestieg mit ihm den Berg Trebucci nach Korvo. Dmitri war zurückgekehrt. Er hatte eine Menge treuer Gefährten versammelt und sich wieder aufgemacht. Widersprüchlich waren die Berichte über seinen Zielort und das Unternehmen, über welches er nachdachte. Einer von diesen führte unsere Abenteurer nach Tepellenè und daher zurück nach Ioannia. Und jetzt bevorzugte sie das Glück wieder. Sie ruhten eine Nacht in der Wohnung eines Priesters in dem kleinen Dorf Mosme, etwa drei Wegstunden nördlich von Zitsa; und hier fanden sie einen Arnauten, der von seinem Pferd gefallen und dadurch kampfunfähig geworden war. Dieser Mann war einer aus Dmitris Schar gewesen. Sie erfuhren von ihm, dass der Arnaut Katusthius verfolgt, eingeholt und ihn gezwungen hatte, Zuflucht im Kloster des Propheten Elias zu suchen, das auf einem erhabenen Gipfel der Berge von Zagori steht, acht Wegstunden von Ioannia entfernt. Dmitri war ihm gefolgt und hatte das Kind gefordert. Die Kalamaner hatten es abgelehnt aufzugeben, und der zu verrückter Entrüstung erweckte Klepht belagerte und berannte das Kloster jetzt, um durch Gewalt diesen Gegenstand frisch erwachter Zuneigung zu erhalten.

In Ioannia holten Camaraz und Cyril ihre Gefährten ab und reisten weiter, um mit ihrem unbewussten Verbündeten zusammenzutreffen. Dieser, impulsiver als ein Bergstrom oder die heftigsten Wellen des Ozeans, erfüllte die Herzen der Einsiedler mit Schrecken durch seine unablässigen und unerschrockenen Angriffe. Um sie zu weiterem Widerstand zu ermutigen, reiste Katusthius, der das Kind im Kloster zurückließ, in die nächste Stadt Zagori, um dessen *Beluk-Baschi* um Hilfe anzuflehen. Die Zagorianer sind ein sanftes, liebenswürdiges, soziales Volk; sie sind fröhlich, offen, schlau; ihr Mut wird allgemein anerkannt, sogar von den unzivilisierteren Bergbewohnern von Zoumerka; doch Raub, Mord und andere Akte der Gewalt sind ihnen unbekannt. Diese guten Leute waren nicht wenig entrüstet, als sie hörten, dass ein Schar von Arnauten die heilige Zuflucht ihrer auserwählten Kalamaner belagerte und berannte. Sie sammelten sich in einem prächtigen Trupp, nahmen Katusthius mit sich, und beeilten sich, die unverschämten Klephten zurück zu ihrer wüsten Feste zu treiben. Sie kamen zu spät. Um Mitternacht, während die Mönche inbrünstig darum beteten, ihrer Feinde entledigt zu werden, rissen Dmitri und seine Anhänger ihre eisenbeschlagene Tür ein und betraten die heiligen Bereiche. Der Protoklepht schritt bis zu den Toren des Heiligtums und, seine Hände darauf legend, schwor er, dass er kam, zu retten, nicht zu zerstören. Constans sah ihn. Mit einem Schrei der Freude löste er sich von dem Kalamaner, der ihn hielt und drängte in seine Arme. Dies war ein ausreichender Triumph für ihn. Mit Versicherungen aufrichtigen Bedauerns dafür, dass er sie gestört hatte, verließ der Klepht die Kapelle mit seinen Anhängern, seinen Preis mit sich nehmend.

Katusthius kehrte einige Stunden später zurück, und so gut vertrat der Verräter seine Sache bei den freundlichen Zagorianern, wurde von ihm das Schicksal seines kleinen Neffen unter diesen bösen Männern betrauert, dass sie anboten, sie zu verfolgen, und, da sie von überlegener Anzahl waren, den Jungen aus ihren zerstörerischen Händen zu retten. Katusthius, der über den Vorschlag erfreut war, drängte auf ihren sofortigen Aufbruch. In der Morgendämmerung begannen sie, die Berggipfel zu besteigen, schon dicht gefolgt von den Zoumerkanern.

Erfreut darüber, seinen kleinen Liebling wiedergewonnen zu haben, setzte Dmitri ihn vor sich auf sein Pferd und machte sich, gefolgt von seinen Gefährten, auf den Weg über die erhabenen Berge, die mit alten Dodona-Eichen[66] bedeckt waren

---

[66] Nach dem Eichenhain im Orakel des Zeus von Dodona (Epirus).

oder, auf höheren Gipfeln, mit dunklen riesenhaften Kiefern. Sie ritten einige Stunden und stiegen schließlich ab, um zu ruhen. Die Stelle, die sie wählten, lag in der Tiefe einer dunklen Schlucht, deren Dunkelheit durch die breiten Schatten von dunklen Stechpalmen gesteigert wurde. Verwachsenes Unterholz und eine Reihe von zerklüfteten isolierten Felsen erschwerten es den Pferden, ihren Halt nicht zu verlieren. Sie stiegen ab und setzten sich an einen kleinen Strom. Sie verteilten ihre einfache Kost, und Dmitri verlockte den Jungen durch tausend Zärtlichkeiten dazu, zu essen. Plötzlich meldete einer seiner Männer, aufgestellt als Wache, dass ein Trupp von Zagorianern, von Katusthius geführt, aus Richtung des Klosters von St. Elias vorrückte; während ein anderer Mann Alarm schlug, da sich sechs oder acht gut bewaffnete Moreoten näherten, die auf der Straße von Ioannia vorrückten. Von einem Moment zum anderen war jedes Anzeichen eines Lagers verschwunden. Die Arnauten bestiegen die Hügel und verbargen sich unter dem Schutz von Felsen und hinter den großen Stümpfen der Waldbäume, wo sie verborgen bleiben würden, bis die Eindringlinge mitten unter ihnen waren. Bald erschien die Moreoten, die den Hohlweg umgingen, auf einem Pfad, der ihnen nur ermöglichte, zu zweit nebeneinander zu gehen; sie waren sich der Gefahr nicht bewusst und waren unachtsam gegangen, bis ein Schuss, der über den Kopf des einen schwirrte und den Ast eines Baumes streifte, sie an ihre Sicherheit erinnerte. Die Griechen, gewöhnt an

130

dieselbe Art der Kriegsführung, begaben sich auch in den Schutz der Felsen und schossen hinter ihnen hervor. Sie kämpften mit ihren Widersachern, die zu einer erhöhteren Stellung kommen wollten. Sie sprangen von Felsspitze zu Felsspitze, ließen sich fallen und schossen so schnell, wie sie laden konnten. Ein alter Mann allein blieb auf dem Pfad zurück. Der Seefahrer, Camaraz, war oft auf den Feind auf dem Deck seines Kaiks[67] gestoßen und wäre noch wie zu einer Enterung vorangestürzt, aber dieser Krieg erforderte zu viel Regsamkeit. Cyril bat ihn, hinter einem niedrigen, breiten Stein Schutz zu suchen. Der Maniote winkte mit seiner Hand.

„Fürchte nicht um mich", rief er. „Ich weiß zu sterben!"

Der Krieger liebt den Krieger. Dmitri sah den alten Mann unerschrocken stehen, ein Ziel für all die Kugeln und er fuhr hinter seinem felsigen Schirm hervor und bat seine Männer, aufzuhören. Dann seinen Feind ansprechend, rief er:

„Wer seid Ihr? Warum seid Ihr hier? Wenn Ihr in Frieden kommt, fahrt auf Eurem Weg fort. Antwortet und fürchtet nichts!"

Der alte Mann zog sich hinauf und sagte: „Ich bin ein Maniote und kenne keine Furcht. Ganz Hellas zittert vor den Seeräubern von Kap Matapan und ich bin einer von ihnen! Ich komme nicht in Frieden! Seht! Ihr habt in Euren Armen die Ursache für

---

[67] Griechisch-türkischer leichter schmaler Kahn.

unsere Meinungsverschiedenheit! Ich bin der Großvater dieses Kindes – gebt es mir!"

Dmitri, hätte er eine Schlange gehalten, die er an seinem Busen erwachen fühlte, hätte er seine Zuneigung nicht plötzlicher ändern können. „Der Nachwuchs eines Manioten!" Er entspannte seinen Griff. Constans wäre hinuntergefallen, hätte er sich nicht an seinen Hals gehängt. Inzwischen war jede Seite aus ihrer felsigen Stellung abgestiegen und stand unten im Pfad in Gruppen zusammen. Dmitri riss das Kind von seinem Hals; er fühlte sich, als ob er es mit wilder Freude den Abgrund hinunter stürzen könnte. Dann, als er im Übermaß der Leidenschaft innehielt und zitterte, kamen Katusthius und die vordersten Zagorianer zu ihnen herunter.

„Stehen bleiben!" schrie der wütende Arnaut. „Sieh Katusthius! Sieh, Freund, dem ich, geführt vom unwiderstehlichen Schicksal, verrückt und niederträchtig abschwor! Ich führe Deinen Wunsch jetzt durch - das Manioten-Kind stirbt! Der Sohn der verwünschten Rasse soll das Opfer meiner gerechten Rache sein!"

Cyril, von Furcht getrieben, hastete auf den Felsen. Er legte seine Muskete an, aber er fürchtete, sein Kind zu opfern. Der alte Maniote, weniger scheu und verzweifelter, nahm sein Ziel fest ins Visier. Dmitri sah es und warf den Dolch, den er schon gegen das Kind erhoben hatte, nach ihm - er fuhr in seine Seite, während Constans, der den Griff seines früheren Beschützers nachlassen fühlte, von ihm in die Arme seines Vaters sprang.

Camaraz war zu Boden gefallen, doch seine Wunde war leicht. Er sah, wie ihn die Arnauten und Zagorianer eng umringten. Er sah, dass seine eigenen Anhänger zu Gefangenen gemacht wurden. Dmitri und Katusthius hatten sich beide auf Cyril geworfen und kämpften, um den schreienden Jungen wiederzugewinnen. Der Maniote erhob sich - seine Glieder waren schwach, aber sein Herz war stark; er warf sich vor den Vater und das Kind. Er fing den erhobenen Arm von Dmitri auf.

„Auf mich", schrie er, „falle all Eure Vergeltung! Ich bin von der üblen Rasse! Denn das Kind ist solcher Herkunft unschuldig! Mani kann sich nicht rühmen, ihn zum Sohn zu haben!"

„Mann von Lügen!" begann der wütende Arnaut, „diese Unwahrheit wird Euch nicht zustatten kommen!"

„Nein, hört zu, bei den Seelen jener, die Ihr geliebt habt!" fuhr Camaraz fort. „Und, wenn ich meine Worte nicht gut wähle, mögen ich und meine Kinder sterben! Der Vater des Jungen ist ein Korinther, seine Mutter ein Mädchen von Chios!"

„Chios!"

Das bloße Wort brachte das Blut dazu, in Dmitris Herz zurückzukehren.

„Verbrecher!" schrie er und schleuderte Katusthius' Arm beiseite, der gegen den armen

Constans angehoben war. „Ich beschütze dieses Kind - wage nicht, ihn zu verletzen! Sprecht, alter Mann und fürchtet nichts, so denn Ihr die Wahrheit sprecht."

„Vor fünfzehn Jahren", sagte Camaraz, „schlich ich mit meinem Kaik auf der Suche nach Beute an der Küste von Chios herum. Ein Häuschen stand am Rand eines Kastanienwaldes, es war der Wohnsitz der Witwe eines reichen Inselbewohners. Sie lebte darin mit ihrer einzigen Tochter, die mit einem Albaner verheiratet war, der gerade abwesend war. Es wurde berichtet, dass die gute Frau einen verborgenen Schatz in ihrem Haus habe - das Mädchen allein wäre reiche Beute - es war ein Abenteuer, das Risiko wert. Wir trieben mit unserem Schiff eine schattige kleine Bucht hinauf, und legten an, als der Mond unterging; stahlen uns im Schutz der Nacht in Richtung der einsamen Hütte dieser Frauen."

Dmitri griff nach dem Heft seines Dolchs - er war nicht mehr dort; er zog halb eine Pistole aus seinem Gürtel – der kleine Constans, der seinem früheren Freund wieder vertraute, streckte seine Kinderhände aus und hing sich an seinen Arm. Der Klepht schaute auf ihn; halb gab er seinem Wunsch nach, ihn zu umarmen, halb fürchtete er, getäuscht zu werden; also er drehte sich weg und warf den Langmantel über sein Gesicht, verschleierte seine Qual, kontrollierte seine Gefühle, bis alles gesagt war. Camaraz fuhr fort:

„Es wurde eine schlimmere Tragödie, als ich gedacht hatte. Das Mädchen hatte ein Kind - es fürchtete um sein Leben und kämpfte mit den Männern wie eine Tigerin, die ihr Junges verteidigt. Ich war in einem anderen Zimmer, suchte den versteckten Reichtum, als ein durchdringender Schrei die Luft zerriss - ich wusste zuvor, nicht was Mitleid war, doch dieser Schrei ging mir zu Herzen - aber es war zu spät, das arme Mädchen war auf den Boden gesunken, die Lebensflut strömte aus ihrem Busen. Ich weiß nicht warum, aber ich wandte mich der Frau zu in meinem Bedauern über die erschlagene Schönheit. Ich hatte vor, sie und ihr Kind an Bord zu bringen, um zu sehen, ob irgendetwas getan werden könnte, um sie zu retten, aber sie starb, bevor wir die Küste ließen. Ich dachte daran, dass sie ihr Grab wohl am liebsten auf der Insel haben mochte, und da ich wirklich fürchtete, dass sie als Vampir zurückkehren könnte, um mich heimzusuchen, trug ich sie weg. So überließen wir ihren Leichnam den Priestern, damit sie ihn begraben, und nahmen das Kind mit uns fort, das damals etwa zwei Jahre alt war. Sie konnte nur wenige Worte sprechen, ausgenommen ihren eigenen Namen, der Zella war, und sie ist die Mutter dieses Jungen!"

Eine Kette von Ankömmlingen in der Bucht von Kardamyla hatte die arme Zella für viele Nächte wachen lassen. Ihre Dienerin hatte aus Verzweiflung, sie niemals wieder schlafen zu sehen, die wenige Nahrung, die zu essen sie sie überredet hatte, mit Opium versetzt, aber die arme Frau rechnete nicht mit der Kraft des Geistes über den Körper, der Liebe über jeden Feind, physisch oder moralisch, der sich gegen sie stellte. Zella lag auf ihrer Couch, ihr Geist war ein wenig gedämpft, aber ihr Herz lebendig, ihre Augen geöffnet. In der Nacht, getrieben von irgendeinem unerklärlichen Impuls, kroch sie zum Fenstergitter und sah eine kleine *Sacoleva* in die Bucht einlaufen; sie lief schnell unter günstigem Wind und verschwand aus ihrer Sicht unter einer hervorspringenden Felsspitze. Leise trat sie auf den Marmorboden ihrer Kammer. Sie legte einen großen Umhang um, ging den felsigen Pfad hinunter und erreichte mit raschen Schritten den Strand. Immer noch war das Schiff unsichtbar, und sie war halb geneigt, zu denken, dass es eine Ausgeburt ihrer aufgeregten Phantasie war - doch sie blieb. Sie fühlte eine Krankheit direkt in ihrem Herzen, jedes Mal wenn sie versuchte, sich zu bewegen, und ihre Augenlider senkten sich trotzdem. Der Wunsch nach Schlaf wurde endlich unwiderstehlich. Sie legte sich auf den Kieselsteinen hin, bette ihren Kopf auf das kalte, harte Kissen, zog ihren Umhang noch enger und gab sich der Vergessenheit hin.

So tief schlummerte sie unter dem Einfluss des Opiats, das sie für viele Stunden unempfänglich war für irgendwelche Veränderungen in ihrer Situation. Nach und nach nur erwachte sie, nach und nach nur erfuhr sie von den Dingen um sie herum. Die Brise fühlte sich frisch und frei an - so war es immer an der wellengepeitschten Küste; das Wasser klatschte nahe - sein Stürmen war in ihren Ohren gewesen, als sie der Ruhe nachgab. Aber dies war nicht ihre steinige Couch, dieser Baldachin nicht das dunkle, überhängende Kliff. Plötzlich hob sie ihren Kopf - sie war auf dem Deck eines kleinen Schiffs, welches schnell über die Ozeanwellen glitt - ihr Kopf war auf einen Zobelmantel gebettet; die Küste des Kaps Matapan waren zu ihrer Linken, und sie steuerten nach rechts in Richtung der Mittagssonne. Verwunderung statt Furcht beherrschten sie. Mit einer schnellen Bewegung zog sie das Segel beiseite, das sie vor der Mannschaft verbarg - der gefürchtete Albaner saß nah an ihrer Seite, wiegte ihren Constans in seinen Armen - sie stieß einen Schrei aus. Cyril drehte sich bei dem Geräusch um und einem Moment später schloss er sie in seine Arme.

Titel der englischen Originaltexte

The Pole

Erstveröffentlichung in: *Court Magazine and Belle Assemblée, I* (August and September 1832), London 1832; S. 64-71.

Euphrasia – Λ Tale of Greece

Erstveröffentlichung in: *The Keepsake for 1839*, London 1838; S. 135-152.

The Evil Eye

Erstveröffentlichung in: *The Keepsake for 1830*, London 1829, S. 150-175.

Bereits als Übersetzung von Ralf Fletemeier
veröffentlicht: